中公文庫

盆土産と十七の短篇

三浦哲郎

中央公論新社

盆土産と十七の短篇　目次

盆土産と十七の短篇

盆土産

一

　えびフライ、と呟《つぶや》いてみた。

　足許《あしもと》で河鹿《かじか》が鳴いている。腰を下ろしている石の蔭にでもいるのだろうが、張りのあるいい声が川に漬けたゴム長のふくらはぎを伝って、膝の裏をくすぐってくる。呟くにしても声にはならぬように気をつけないと、人声には敏感な河鹿を驚かせることになる。

　えびフライ。発音がむつかしい。舌がうまく回らない。都会のひとには造作もないことかもしれないが、こちらにはとんと馴染みのない言葉だから、うっかりすると舌を噛みそうになる。フライの方はともかくとして、えびが、存外むつかしい。

　えびフライ。さっき家を出てくるときも、つい、唐突にそう呟いて、姉に、

「まぁた、えんびだ。なして、間にんを入れる？　えんびじゃねくて、えびフライ。」

と訂正された。自分では、えびといっているつもりなのだが、ひとにはえんびときこえるらしい。それが何度繰り返しても直らない。

けれども、そういう姉にしても、これから釣ろうとしている川魚のことを、いつもじゃっこといっている。分校の先生から、本当は雑魚《ざこ》というのだと聞いてきて、

「じゃっこじゃねくて、ざっこ。」

と教えてやっても、姉はじゃっこというのをやめない。もう中学生だから、分校の子供にものを教わるのはおもしろくないと見えて、うるさそうに、

「そったらごと、とうの昔から憶えでら。」

そういっていながら、今朝も撒《ま》き餌《え》にする荏胡麻《えごま》を牛乳の空壜《あきびん》に詰めているところへ起きてきて、

「じゃっこ釣りな。……んだ、父《と》っちゃのだしをこさえておかねばなあ。」

と姉はいった。

父っちゃのだしというのは、父親の好きな生蕎麦《きそば》のだしのことで、父親はいつも、干した雑魚をだしにした生蕎麦を食わないことには自分の村へ帰ってきたような気がしないといっている。

帰るなら、もっと早くに知らせてくれればこんなにあわてずに済むものを、ゆうべ、

いきなり速達で、盆には帰るといってくるのだから、面食らってしまう。明日はもう盆の入りで、殺生はいけないから、釣るものは今日のうちに釣っておかなければいけない。釣った魚は、祖母にはらわたを抜いて貰って、囲炉裏の火で串焼きにしてから、陰干しにする。今朝釣って、どうにか送り盆の晩には間に合うくらいだから、ゆうべは雨でも降って川が濁ったりしたらと、気が気ではなかった。

えびフライ。どうもそいつが気に掛かる。

ゆうべ、といっても、まだ日が暮れたばかりのころだったが、町の郵便局から赤いスクーターがやってきたときは、家中でひやりとさせられた。東京から速達だというから、てっきり父親の工事現場で事故でもあったのではないかと思ったのだ。普段、速達などには縁のない暮らしをしているから、急な知らせにはわけもなく不吉なものを感じてしまう。

ところが、封筒のなかには、伝票のような紙きれが一枚入っていて、その裏に、濃淡の著しいボールペンの文字でこう書いてあった。

『盆にはかえる。十一日の夜行に乗るすけ。みやげは、えびフライ。油とソースを買っておけ』

祖母と、姉と、三人で、しばらく顔を見合わせていた。父親は、正月休みで帰ってきたとき、今年の盆には帰れぬだろうと話していたから、みんなはすっかりその気でいたのだ。

勿論《もちろん》、父親が帰ってくれるのは嬉しかったが、正直いって土産がすこし心許なかった。えびフライというのは、まだ見たことも食ったこともない。姉に、どんなものかと尋ねてみると、

「どったらもんって……えびのフライだえな。えんびじゃねくて、えびフライ。」

姉は、にこりともせずにそういって、あとは黙って自分の鼻の頭でも眺めるような目付きをしていた。

えびなら、沼に小えびがたくさんいるし、フライというのも、給食に時たま鯖《さば》のフライが出るからわかる。けれども、両方一緒にして、えびフライといわれると、急になんだかわからなくなる。あんな小えびを、どうやってフライにするのだろう。天ぷらの掻き揚げのように、何匹も一緒に揚げるのだろうか。それとも、ちいさく切り刻むか磨り潰すかしたのを、手頃な大きさに纏《まと》めてコロッケのようにするのだろうか。

そういって祖母に尋ねてみると、祖母は、そうだとも、そうではないともいわずに、ただ、

「……旨《うめ》もんせ。」

とだけいった。

それは、父親がわざわざ東京から盆土産に持って帰るくらいだから、飛び切り旨いものには違いない。だからこそ、気になって、つい、

「えびフライ……。」

と呟いてみないではいられないのだ。

牛乳罎の荏胡麻を一と口、ラッパ飲みの要領で頬張って、それをゆっくりと嚙み砕く。これはすこぶるまずいものだが、もうすぐ旨いものが食えるのだから今朝はあまり気にならない。父親の土産の旨さをよく味わうためにも、かえって口のなかをなるべくまずくしておく方がいいのだ。

嚙み砕いた荏胡麻を唾液と一緒に、前の川面へ吹き散らす。すると、それを争って食う雑魚の口で、川面はそこだけ夕立に打たれたように痘痕《あばた》になる。そこへ短い竿をふわりと振って、ちいさな鉤《はり》を落してやる。鉤には、彎曲《わんきょく》したところに荏胡麻に似せた白い粒がつけてあるから、雑魚が間違えて食いついてくる。釣るというよりも、軽く引っ掛けて上げるだけだから、竿を静かにうしろの岸へ回して手許を振ると、雑魚は簡単に砂の上に落ちる。

盆前で、あまり暇な釣人がいなかったせいか、よく肥えた雑魚ばかりで、それがぴ

ちぴちと砂の斜面を跳ねながら水辺に並べた小石の柵を越えそうになるから、思わず、
「騒《ばため》ぐなじゃ、こりゃあ。」
と怒鳴りつけると、途端に、足許の河鹿がぴたりと鳴きやんだ。

二

父親は、村にいるころから、兎の毛皮の防寒帽でも麦藁帽《むぎわらぼう》でもあみだかぶりにする癖があったが、今度も真新しいハンチングの庇《ひさし》を上げて、禿《は》げ上った額をまる出しにして帰ってきた。見上げると、その広い額の横皺から上の方は、そこだけ病んででもいるかのように生白かった。どうやら、工事現場のヘルメットばかりは自分の流儀で気ままにかぶるというわけにもいかないらしい。淡い空色のハンチングは、まだ頭に馴染んでいなくて、谷風にちょっと庇を煽《あお》られただけであわてて上から抑えつけなければならなかった。

土間の上《あが》り框《かまち》で、土産の紙袋の口を開けてみて、まず、さかんに湯気を噴き上げる氷にびっくりさせられた。ぶっかき氷にしては不透明で白すぎる、なにやら砂糖菓子のような塊りが大小合わせて十個ほどもビニール袋に入っているので、これも土産の

一つかと思って袋の口をほどいてみると、途端になかから、もうもうと湯気のようなものが噴き出てきたのだ。びっくりして袋を取り落したはずみに、なかの塊りが一つ飛び出した。

「あ、勿体《もったい》ない。」

と姉がいうので、急いで拾おうとすると、ちょうど囲炉裏の灰のなかから掘り出したばかりの焼栗をせっかちに摘《つま》んだときのように、指先がひりっとして、二度びっくりさせられた。その上そいつの方から指先に吸いついてくるので、あわてて強く手を振ると、そいつは板の間を囲炉裏の方まで転げていった。

「そったらもの、食っちゃなんねど。それはドライアイスつうもんだ。」

と父親が炉端から振り向いていった。

父親の話によれば、ドライアイスというのは空気に触れると白い煙になって跡形もなくなる氷だという。軽くて、融けても水にならないから、紙袋のなかを冷やしたりするのに都合がいい。東京の上野駅から近くの町の駅までは、夜行でおよそ八時間かかる。それから、バスに乗り換えて、村にいちばん近い停留所まで一時間かかる。それで父親は、そのドライアイスをビニール袋にどっさり貰って、道中それを小出しにしながらきたのだという。

そんなにまでして紙袋のなかを冷やしつづけなければならなかった理由《わけ》は、袋の底から平べったい箱を取り出してみて、初めてわかった。その箱の蓋には『冷凍食品えびフライ』とあり、なかにパン粉をつけて油で揚げるばかりにした大きなえびが、六尾並んでいるのが見えていた。えびフライといっても、まだ生《なま》ものだから、父親は家へ帰り着くまでに鮮度が怪しくなったらいけないと思い、ただこの六尾のえびだけのために、一と晩中、眠りを寸断して冷やしつづけながら帰ってきたのだ。

それにしても、箱のなかのえびの大きさには、姉と二人で目を瞠《みは》った。こんなに大きなえびがいるとは知らなかった。今朝釣ってきた雑魚のうちでいちばん大柄なやつよりも、ずっと大きいし、よく肥えている。

「随分《ずんぶ》大きかえん? これでも頭は落してある。」

父親は満足そうに毛脛《けずね》をぴしゃぴしゃ叩きながらいった。一体どこの沼でとれたえびだろうかと尋ねてみると、沼ではなくて海でとれたえびだと父親はいった。

「これは車えびつうえびだけんど、海ではもっと大きなやつもとれる。なげえ髭のあるやつもとれる。」

父親が珍しくそんな冗談をいうので、思わず首をすくめて笑ってしまった。

午後遅く、裏の谷川の淀みに漬けておいたビールを引き揚げて戻ってくると、隣の喜作がひとりで畦道《あぜみち》をふらついていた。隣でも父親が帰ったと見えて、真新しい、派手な色の横縞《よこじま》のTシャツをぎごちなく着て、腰には何連発かの細長い花火の筒を二本、刀のように差していた。

「父っちゃ、帰ったてな？」

喜作は一級上の四年生だが、偉そうに腕組みをしてこちらの濡れたビールをじろじろ見ながらそういうので、

「んだ。」

と頷《うなず》いてから、土産はなにかと訊かれる前に、

「えんびフライ。」

といった。

喜作は気勢を殺がれたように、口を開けたまましきょとんとしていた。

「……なんどえ？」

「えんびフライ。」

「……えんびフライって、なにせ。」

それが知りたければ家にきてみろ。そういいたかったが、見せるだけでも勿体ないのに、ついでに一と口といわれるのがこわくて、

「なんでもねっす。」

と通り過ぎた。

普段、おかずの支度はすべて姉がしているが、今夜はキャベツを細く刻むだけにして、フライは父親が自分で揚げた。煮えた油のなかでパン粉の焦げるいい匂いが、家のなかに籠《こも》った。四人家族に六尾では、配分がむつかしそうに思われたが、父親は明快に、

「お前《め》と姉《あんね》は二匹ずつ食え。俺と婆っちゃは一匹ずつでええ。」

といって、その代わりに、今朝釣ってきた雑魚をビールの肴《さかな》にした。串焼きにしたまま囲炉裏の灰に立てておいたのを、焙《あぶ》り直して、一尾ずつ串から抜いては醬油をかけて食った。ビールは三本あるから、はらはらして、

「あんまり食《け》えば蕎麦のだしがなくならえ。」

というと、父親は薄く笑って、

「わかってらぁに。ひとのことは気にしねで、えびフライをじっくと味わって食《け》え。」

といった。

揚げたてのえびフライは、口のなかに入れると、しゃおっ、というような音を立てた。嚙むと、緻密な肉のなかで前歯が微かに軋《きし》むような、いい歯応えで、このあたり

で胡桃《くるみ》味といっている得もいわれない旨さが口のなかにひろがった。

二尾もいちどに食ってしまうのは惜しいような気がしたが、明日からは盆で、精進しなければならない。最初は、自分のだけ先になくならないように、横目で姉を見ながら調子を合わせて食っていたが、二尾目になるとそれも忘れてしまった。

不意に、祖母が噎《む》せて咳込《せきこ》んだ。姉が背中を叩いてやると、小皿にえびのしっぽを吐き出した。

「歯がねえのに、しっぽは無理だえなあ、婆っちゃ。えびは、しっぽを残すのせ。」

と父親が苦笑いしていった。

そんなら、食う前にそう教えてくれればよかった。姉の皿を見ると、やはりしっぽは見当らなかった。姉もこちらの皿を見ていた。顔を見合わせて、首をすくめた。

「歯があれば、しっぽも旨えや。」

姉が誰にともなくそういうので、

「んだ。旨え。」

と同調して、その勢いで二尾目のしっぽも口のなかに入れた。

父親の皿には、さすがにしっぽは残っていたが、案の定、焼いた雑魚はもうあらかたなくなっていた。

三

翌朝、目を醒ましたときも、まだ舌の根にゆうべの旨さが残っていた。あんなに旨い土産を貰ったのだから、今朝もまた川へ出かけて、蕎麦のだしを釣り直してこなければなるまいと思っていたのだが、その必要はなかった。父親が、一日半しか休暇を貰えなかったので、今夜の夜行で東京へ戻るといい出したからである。道理で、ゆうべは雑魚の食い方が尋常ではないと思ったのだ。

午後から、みんなで死んだ母親が好きだったコスモスと桔梗《ききょう》の花を摘みながら、共同墓地へ墓参りに出かけた。盛土の上に、ただまるい石をのせただけのちいさすぎる墓を、せいぜい色とりどりの花で埋めて、供え物をし、細く裂いた松の根で迎え火を焚いた。

祖母は、墓地へ登る坂道の途中から絶え間なく念仏を唱えていたが、祖母の南無阿弥陀仏はいつも『なまん、だあうち』というふうにきこえる。ところが、墓の前にしゃがんで迎え火に松の根をくべ足していたとき、祖母の『なまん、だあうち』の合間に、ふと、

「えんびフライ……。」

という言葉が混じるのを聞いた。

祖母は歯がないから、言葉は大概不明瞭だが、そのときは確かに、えびフライではなくえんびフライという言葉を洩らしたのだ。

祖母は昨夜の食卓の様子を（えびのしっぽが喉につかえたことは抜きにして）祖父と母親に報告しているのだろうかと思った。そういえば、祖父や母親は、生きているうちに、えびのフライなど食ったことがあったろうか。祖父のことは知らないが、まだ田畑を作っているころに早死にした母親は、あんなに旨いものはいちども食わずに死んだのではなかろうか――そんなことを考えているうちに、なんとなく墓を上目《うわめ》でしか見られなくなった。父親は、すこし離れた崖縁に腰を下ろして、黙って煙草をふかしていた。

父親が夕方の終バスで町へ出るので、ひとりで停留所まで送っていった。谷間はすでに日が翳《かげ》って、雑魚を釣った川原では早くも河鹿が鳴きはじめていた。村はずれの吊橋を渡り終えると、父親は取って付けたように、

「こんだ正月に帰るすけ、もっとゆっくり。」

といった。すると、なぜだか不意にしゃくり上げそうになって、とっさに、

「冬だら、ドライアイスも要らねべな。」

といった。

「いや、そうでもなかべおん。」と父親は首を横に振りながらいった。「冬は汽車のスチームが利きすぎて、汗こ出るくらい暑いすけ。ドライアイスだら、夏どころでなく要るべおん。」

それからまた、停留所まで黙って歩いた。

バスがくると、父親は右手でこちらの頭を鷲摑《わしづか》みにして、

「んだら、ちゃんと留守してれな。」

と揺さぶった。それが、いつもよりすこし手荒くて、それで頭が混乱した。んだら、さいなら、というつもりで、うっかり、

「えんびフライ。」

といってしまった。

バスの乗り口の方へ歩きかけていた父親は、ちょっと驚いたように立ち止まって、苦笑いした。

「わかってらぁに。また買ってくるすけ……。」

父親は、まだなにかいいたげだったが、男車掌が降りてきて道端に痰を吐いてから、

「はい、お早くう。」

といった。

父親は、なにもいわずに、片手でハンチングを上から抑えてバスのなかへ駈け込んでいった。

「はい、発車あ。」

と野太い声で車掌がいった。

金色の朝

乳房に、西日が差していた。

粗い板壁の隙間や節穴から差し込む西日が、仄暗《ほのぐら》い小屋のなかに楽譜のような縞模様を描いていて、その縞の一と筋が、横たわった乳房の上に落ちている。

細い光の棒のなかに、赤く色づいた乳首が浮かんで見える。

その乳首の色がいつもより濃く見えるのは、西日のせいかと思ったら、そうではなかった。電燈のスイッチを入れて日の色を消しても、やはり苺のように赤かった。そばにしゃがんで、指先を触れてみると、大分熱を持っている。

彼は、ちいさく舌うちした。これで、今夜はテレビが見られなくなる。どうも、こんなことになるんじゃないかと思っていたのだ。朝からそんな予感がしていたのだ。

立ち上った拍子に、肩から腰に吊した鞄《かばん》のなかで、筆入れの鉛筆が飛び跳ねた。そ

の音で、大儀そうに起き上ろうとするのを、手で抑えて、

「いいって、いいって。なんでもねって。そのままじっと寝ておれや。」

と彼はいった。

小屋を出て、母屋の戸口の方へ回っていくと、縁側の前の地面に尻を落してなにかひとり遊びをしていた四つになる末の弟が、びっくりしたように立ち上って、ほかに誰も遊び仲間がいないのに、

「あ、おらの兄《あん》ちゃん、戻ってきた。」

と大きな声でいった。

なにも、そんなにびっくりすることはないのに。どういうものか、この弟は、家族の誰かが外から帰ってくると、まるで長いこと出稼ぎで家を留守にしていた父親が不意に帰ってきたとでもいうように、びっくりして大声を上げる。そのくせ、この春、父親が本当に出稼ぎからひょっこり帰ってきたときは、びっくりし損なって立ち上ることもできずに、小便を洩らして泣き出してしまった。

四つの子供のことだから、しっかりしろという方が酷かもしれないが、そういう彼自身も父親に会うのがなにやら恥ずかしくて、妹が捜しにくるまで水車小屋の蔭でどうでもいいような草をむしっていたのだから、お互いに大きな口は利けない。

「母っちゃは、どこせ。」

彼は、肩から鞄を外して縁側に投げると、弟に訊いた。

「母っちゃ、寝てら。」

と弟は答えた。

春に帰ってきた父親は、夏からまた出稼ぎにいってしまって、家には、母親と、六年生の彼を頭に、弟三人、妹一人が留守をしている。母親はもう長いこと腎臓をわずらっていて、年々具合が思わしくない。彼とは年子の妹がいて、これが煮炊きをするから、助かっている。

学校から帰ってきて、母親が寝ていると彼はほっとする。ゆっくり養生するといいのだが、根っからの百姓育ちで、寝床が暖まってくるとなにか悪いことでもしているような気持になってはらはらするというのだから、養生には向かない。だから、母親がおとなしく寝ているときは、よほど具合が悪いときだということになるが、それでも彼は、ああ、寝ていると思って、ほっとする。

「母っちゃ、たんだいま。」

そういって寝部屋へ入っていくと、母親はいつものように軀《からだ》を海老のように折り曲げて寝ていた。掛蒲団が薄いから、軀がはっきりくの字に見える。

　母親は背高のっぽで、それがちいさいころは随分頼もしく見えたものだが、厄介な病に取りつかれてよく寝るようになってからは、むしろ気の毒だと思うようになっている。寝ている母親を見ると、気の毒になる。軀を伸ばしてまっすぐに寝ると、蒲団から足がはみ出てしまう。足を隠そうとすれば肌着の肩がまる出しになる。足が冷えて眠れないといっているうちに、肩に神経痛が出るようになった。肩と足と両方隠そうと思えば、海老のように軀を折り曲げるほかはない。母親の寝姿が海老のようになると、やがて木の葉が色づいてくる。

　母親は、瞼《まぶた》を黒くしてぐっすりと眠っていた。枕許へいってあぐらをかいても、目を醒まさなかった。病人が熟睡しているのだから、できればそっとしておいてやりたいが、世の中には、子供の目ではどうにも判断のつきかねることがある。気の毒だが、起きて貰わなければならない。

　下の弟は、眠っている母親を起こすには、乳房を握って、山羊の乳搾りをするときのように先の方へしごくようにすればいいといっている。末っ子で、乳を離れるのが遅かったから、玩具にしているうちにそんなことをおぼえたのだろう。贅沢なことを知っている。彼など、すぐあとに妹が生まれたものだから、母親の乳より山羊の乳で育ったようなものだ。

母親の乳房には馴染みが薄いから、いまでも井戸端なんかで母親が軀を拭いているのを見かけたりすると、つい目をそらしてしまう。握って、しごいたりなど、とてもできない。

肩を二、三度揺さぶると、母親はようやく目を醒ました。

「戻ったな。」

というから、

「いま戻った。」

といって、

「母ちゃ、起きられたら、ちょっと小屋まできてみてけれ。」

そういっただけで、小屋でなにが起こっているか母親にはすぐわかった。

「きたってな？」

と母親はいった。

「きたみたいだ。」

い、その時がきたのだ。

母親もやっぱり、舌うちをした。それから大儀そうに起き上ると、なにかわけのわからないことをぶつぶついった。母親は、時折わけのわからないことを、年寄りの念仏のようにいつまでもぶつぶつ唱えていることがある。聞きようによっては、果てしない嘆きのようにもきこえるし、出稼ぎから戻ってこない父親への愚痴のようにもきこえるし、こんな世の中を呪う言葉のようにもきこえる。

けれども、いまさらぶつぶついったところで、仕方がない。現実は、父親がまだ戻らないのにその時がすでにきているのだ。

どてらの前を抑えた母親と二人で、出ていくと、下の弟がまたぴょこんと立って、

「どこさ。」

といった。

「用事。」

彼はそういって、険しい目つきをして見せた。

「きちゃ、なんね。いいな？」

山羊の乳を搾りにいくのとは、わけが違うのだ。

小屋へいってみると、さっきまで赤々と差し込んでいた西日がもう色褪《いろあ》せて、隅には夕闇がうずくまっていた。電燈を点けてみると、乳房全体が赤味を帯びた紫色に変色している。それを一と目見るなり、

「きたよ。」

と母親はいった。やはり大人は見る目が違う。

それでも、念のために母親はそばにしゃがんで、乳首を指先で摘んでみた。熱さ加減を計ってから、ちょっときつく摘んでみると、しゅっと勢いよく乳が出た。隣のを摘んでみると、これも勢いよくしゅっと出る。一つ置いて隣のも、おなじことであった。

乳首は全部で、十六ある。

「さっきも、こうして搾ってみたか?」

母親は立ち上って彼に訊いた。

「搾らねかった。」

「んじゃ、いまから乳が出たとして、乳が出てから六時間というから……。」

夜の十時を過ぎたころになるだろうか。けれども、その十時過ぎにはじまって、あと何時間かかるかわからない。数時間で済むこともあるし、たっぷり半日かかることもある。半日かかるとすれば、今夜は徹夜ということになる。

「悪いときにきたもんせなあ。」

母親はそういって、仕方なさそうに笑った。生きものが生まれてくるときと、死ぬときとは、傍若無人で、他人の都合などお構いなしにやってくる。生まれてくる者は勿論、産む者も、死んでゆく当人もその時だけはどうすることもできない。

小屋を出ると、母親はまたなにかぶつぶつ呟きはじめた。そばを歩きながら聞いていても、言葉はほとんど聞き取れなかったが、母親がなにをいっているのか彼には大体見当がつくような気がした。母親は、文句をつけているのだと思った。こんな病身でなかったらと自分自身に文句をつけ、予定通り帰ってくればなんの苦労もなかったのにと父親に文句をつけているのだ。

父親は、この夏は三ヵ月半という約束で出かけたのだが、これまで約束を守ったためしがないので、母親が一計を案じた。三ヵ月半できっと帰るという約束の印に、父親に頼んで豚に子種を仕込んできて貰ったのである。豚は孕《はら》んでから、三月三週三日で子を産む。家には、豚の出産の手助けが満足にできるのは父親しかいないから、厭でも約束を守って帰らなければならない。

よし、帰る。父親はそういって、出かける前に、豚を種豚のところへ連れていってきた。豚は二十一日周期でその機会が巡ってくる。はじまって三日目が、受胎率が高い。それで三日目に連れていったが、気が合わなくて戻ってきた。あくる日、出直して、ようやく済ませた。父親は、落ち着き払って出かけていった。

ところが、今度も、約束の三ヵ月半が過ぎても帰ってこない。三月三週が過ぎて、その時がきてしまった。豚は父親の帰りを待つわけにはいかない。

「母ちゃは、黙って寝てればいい。心配さねで。」

母屋の戸口まできてから、彼はいった。母親はくすぐったそうに肩を揺すって、くすんと笑った。

「六年生だもんな。」

事実その通りだが、人にそういわれると、彼はわけもなく顔が火照ってくる。

彼は、ひとりで小屋へ引き返すと、汚れた藁を集めて外へ運び出し、代わりに新しい藁を二十センチほどの長さに切って、どっさり入れてやった。豚は心得ていて、それを鼻で押したり口にくわえたりして、好きな場所に集めて産褥《さんじょく》を作る。ランドレースという種類の豚で、体長五尺五寸、七十貫という巨体の産褥だから、彼は藁を運ぶのに汗をかいた。

それが済むと、生まれた子豚を入れる箱を掃除して、これにも新しい藁を敷き、パネル・ヒーターの調子を調べた。準備といってもそれくらいのもので、あとは母親に、消毒した布きれと、乾いた雑巾を四、五枚用意して貰えばよかった。

晩飯のとき、三年生の弟が、

「豚の子ッコが生まれるってな。」

と彼にいった。

「ああ、生まれる、明日の朝、生まれる。だから、今夜は早く寝て、明日は早起きして小屋へきてみれ。」

そんなことをいっていると、ちょっと父親になったような気分になる。本物の父親ならコップ酒を飲みながらそういうが、彼にはなにも飲むものがない。尤《もっと》も、彼の綿入れの筒袖半纏の物入れには、父親がいつか買ってきたポケット・ウイスキーの空瓶に、生葡萄酒を詰めたのが入っている。けれども、これは人間が飲んではいけない。これは豚の後産が出口につかえて、にっちもさっちもいかなくなったときに飲ませる気付け薬なのだから。

飯のあと、彼はやはりテレビは諦《あきら》めて、夜寒が凌《しの》げるような身支度をすると、手や爪の隙間を消毒して小屋に移った。豚は自分で拵《こしら》えた産褥に大きく横たわって、軀がぐらぐら揺れるような荒い呼吸を繰り返していた。

予定を十時だとすれば、まだ二時間ほど間があった。子は、乳首の数だけ生まれれば上々だから、十時から十六匹生まれるとすれば、十六匹目が生まれて後産が出尽してしまうころはおそらくもう夜が明けていることだろう。十六匹、たまに学校の給食にも出るウインナー・ソーセージのように繋《つな》がって、ぞろぞろ出てくるのなら世話はないが、一匹が生まれて次が生まれるまでの間隔が、理屈もリズムもなく出鱈目《でたらめ》だから、厄介なのだ。後産まで付き合うには、根気と体力が必要である。

彼は、出産がはじまるまで一と眠りしておくのも悪くないと考え、腰掛けとも、物を載せる台ともつかず小屋の軒下に据えて置いた丸太を輪切りにしたやつを、豚の産褥が間近に見える土間の隅まで転がしてきて、それに腰を下ろして腕組みをした。目をつむると、豚の鼻息がまるで鞴《ふいご》のようだ。これではとても眠れそうもないと思ったが、聞き馴れてしまうと、例えば音楽室のメトロノームに合わせて鳴らないラッパを吹いているようなもので、それはそれでまた一つの伴奏には違いない。彼は、いつのまにか背中を板壁にもたせかけて眠っていた。

——不意に、ぶつっという音がして、彼は目醒めた。産褥に目をやって、びっくりした。親豚が四つ肢で立ち上っていて、その尻の先、一メートルほどの地面に、たったいま生まれたばかりの光る子豚が一匹、親豚の尻から落下傘のように臍《へそ》の緒を引いたまま転がっている。こんな長い臍の緒は見たこともない。すると、さっきの、ぶつっという音は、子豚が飛び出すときの音だったのだろう。呆《あき》れたことに、豚は立ち上って、まるで屁でもひるように最初の子供を産み落したのだ。

彼は急いで柵を乗り越えていくと、まず親指の爪で臍の緒を切った。本式にするなら、鋏《はさみ》で切って、切口を消毒するのだろうが、親指の爪で切るのは、父親譲りで、小屋へくる前に爪の隙間を消毒してきたのはそのためであった。うまい具合に、爪が伸びていたので助かった。学校の清潔検査の直後でなくて、よかった。

　臍の緒は、太さが大人の喫う煙草よりひとまわり太いぐらいで、薄桃色をしていて、切れば、血が出る。

　臍の緒は切ったが、肝腎の子豚はうんともすんともいわずに、死んだように転がっている。産み落すというが、文字通り一メートルも産み落されて、どうやら気絶しているらしい。子豚が気絶したまま生まれてくるのは、べつに珍しいことでもないので、そいつをあおのけに引っくり返し、片手で前肢、片手で後肢を一緒に握って、ちょうど人工呼吸の要領でゆっくり前後に動かしていると、やがて、ぐっぐっ、ぐうぐうと鳴き出した。

　この方法が通じなければ、あとは鼻穴に口をつけて何度も吸うほかないのだが、これをすると時々変な味のする汁が口のなかに飛び込んでくるので、気持が悪い。鼻穴を吸わずに済んで、よかった。

　彼は、眠っているところを急に起こされた子供のように泣き喚く子豚を抑えつけて、消毒した布きれで口の粘液を拭き取ってやり、乾いた雑巾で濡れた軀を拭いてやって、子豚箱に入れた。これが真夏の真っ昼間でも、生まれた子豚を放しておけば親豚に圧し潰される虞《おそれ》があるから、残らず産み終るまで別の箱に貯えておくことにしている。

親豚は、いつのまにかまた産褥に横たわって、鞴に合わせて腹を大きく波打たせていた。父親の証文代わりに孕ませられて、気の毒なようなものだが、いうだけのことはいっておかなければならない。

「おい、おめえ、立ったまま子供を産む母親って、いるか。」

彼は親豚へちらと目を投げていった。苦しまぎれに立ち上ったのかもしれないが、それにしても産み飛ばされる子供が可哀相だ。いちいち人工呼吸を施したり、鼻穴を吸ったりさせられるのでは、産婆役だって堪らない。

「今度からは、そうして横になったまんま産め。立ってて産んじゃ、なんねぞ。」

きつくいい渡して、小屋の外へ出てみると、もう夜ふけに近いのだろう、母屋の明りも消えている。日暮までは晴れていたのに、星も見えない闇の夜で、どこかの林を風が渡っていく音がきこえる。

彼は、まわりの闇を手のひらで撫《な》でながら井戸端までいって、手洗いの水をバケツに汲んできた。これを用意するのを忘れていた。子豚を拭いてやった手を洗わなければ、腕組みもできない。

　しばらくして、二匹目が生まれた。親豚は、今度は横になったまま産んだ。それから、彼の勘では大体二十分置きに一匹生まれて、最後の十六匹目が生まれたときは、もう夜が明けていた。彼は、夜明しをするのは生まれて初めてのことで、明け方ごろから引きの強い睡魔に狙われ、手を休めると居眠りが出て叶わなかった。臍の緒を切ろうとしても切れなくて、随分しぶとい臍の緒だと呆れて、よく見ると、肝腎の臍の緒を外して自分の人差指の腹に爪を立てていたりした。小便をしに出ていこうとして、バケツに蹴躓《けつまず》いて、手洗いの水を残らずこぼしてしまった。しまいには、ぶつっという音を目醒まし代わりに、親豚の尻のところにうずくまって膝小僧を抱いて眠っていた。

　十六匹目が生まれたときは、ほっとして、逆に目がぱっちりと冴えてしまった。最後の一匹を箱に入れるときは、隙間を詰めて場所を作るのに苦労した。

「奥の方へ、御順にお詰め願います。お互い様です。押し合わずにお詰め願います。」

一匹も死なせずに済んだという歓びで、彼は上機嫌に、市《まち》のバスの車掌の口真似をした。おかげで、満員バスのように身動きができなくなった子豚たちには気の毒だが、もうしばらく、後産が出るまでの辛抱である。

後産が出て、小屋をきれいにしてから、子豚は一斉に解放される。十六匹、すぐ親豚のまわりにひしめき合うが、親豚は一匹ずつ丹念に匂いを嗅いでからでないと、横にならない。もし、どうせわかりはしないだろうと里子を一匹混ぜたりすれば、忽《たちま》ち嗅ぎ当てられて、ぐいと鼻で二、三メートルも弾《はじ》き飛ばされてしまう。この嗅覚は、ごまかせない。ランドレスに限らず豚の鼻は大きいが、伊達ではないのだ。

全部が自分の子であることを確かめると、親豚は初めてどさりと横になる。子豚は、われ勝ちに乳首へ武者振りつくが、十六匹に十六乳首があるのだから、事は平穏におこなわれるかと思えば、そうでもない。乳首は八つずつ、二列に並んでいるが、前肢に近い方の乳首は出が悪く、後肢の方に近い乳首は出がいいということを、子豚はちゃんと知っている。それで全員、まず腹の乳首に群がって、紛糾するのだ。

けれども、これは早い者勝ちで、やがて十六匹が十六の乳首におさまるが、親豚は、最後の一匹が乳首をくわえるまで、乳は一滴も出さない。先にくわえた者が、いくら熱心に吸ったところで、徒労なのだ。一匹残らず乳首をくわえたところで、親豚はさっと乳を出す。それも、三十秒ほどで、さっと切り上げて、むくむく立ち上ってしまうのだから、否も応もない。

三日もすれば、もう混乱は起こらない。どの乳首がどの子豚のものかが、はっきりきまってしまうからである。親豚が横になると、子豚たちはそれぞれ自分の乳首をくわえる。間違ったふりをして、出のいい乳首をくわえたりする者はいない。

後産が出はじめると、彼は親豚のそばにしゃがんで、目を開けたり閉じたりしていた。こんな血腥《ちなまぐさ》いものは、いちどにどっと出てくれればいいのにと思うが、そうもいかない。これは親豚が産むのではなくて、ひとりでに落ちてくるのだから、待っているより仕方がないのだ。

目を開けて、落ちていれば素手で拾って、バケツに入れる。そうしないと、親豚が後産を食うからである。十六匹も産んだのだから、腹が減っていることはわかるが、食わせると消化不良を起こす虞があるから、食わせない方がいい。

はらわたのような紐状のもの。赤い肉塊のような心太《ところてん》のようにゆぶゆぶしたもの――最後に、すぽっと空気が吸い込まれるような音がすれば、後産はそれでおしまいになる。両手は手首の方まで、赤黒い血にまみれている。手洗い水をこぼしてしまったから、小川へいって洗わなければならない。

指先から血のしずくが垂れるので、彼はいつかテレビで見た外国の外科医のように、両手を前に、手のひらを自分の方へ向けて、ちょうど目に見えないなにかを胸に抱きかかえているような恰好をして、そのまま小屋を出ていくと、外はもうすっかり夜が明けていて、いつのまにか雨がぱらつきはじめていた。空を仰いでみると、そう厚い雨雲でもない。雨はじきに止むだろう。

不意に、目の前に上げている血まみれの両手が、一瞬、金色《こんじき》に輝いて、彼はびっくりした。けれども、なんのことはなかった。東の空に薄い層をなしている雲間から、燈台の明りのように朝日が差してきたのであった。

ふと気がつくと、いまはもう使うこともなくなった水車小屋の軒下に、妹と弟たちが一列になって、なにやら真面目くさった顔でこっちを見ている。彼は、そこを通るとき、彼らに与えるなにか印象深い一と言が欲しいと思ったが、なにも思い浮かばないうちに、もう彼等の前まできてしまった。

彼等は、黙って血だらけの手を前にした兄を仰いでいた。彼はそれを横目で見て、仕方なく自分も空を仰いだが、すると、一つ頭に閃《ひらめ》いた。雨で思い出した。いつか馬の競市《せりいち》を見にいったとき、草の上に車座になって酒を飲んでいた馬喰《ばくろう》のひとりがいった言葉である。

「朝の雨は……。」

と彼はいった。間違えた。

「朝の雨と……女の腕まくりは、ちっともこわくねえ。」

彼等は、口を半開きにして、きょとんとしている。大人の言種《いいぐさ》だから、わからないのは無理もない。正直いうと、自分でもよくわからないのだ。けれども、憶えておくがいい。いずれ思い当るときがくるだろう。

彼は、一と息入れて、それから、一と仕事終えてきたばかりの男のように、大股で、ゆっくり小川の方へ歩いていった。

おふくろの消息

きのう、郷里にいるおふくろから電話で、東京ではもう綿入れ半纏《ばんてん》など要らなくなったろうから、送り返してよこすようにといってきた。ちょうど電話番の妻が外出中で、長女がそれを聞いて私に伝えた。

「ワダエレって、なに？」

長女は、妹たちのように東京の病院ではなく郷里の家で生まれて、おふくろに抱かれて育ったせいか、おふくろの田舎言葉は大抵わかるが、それでも時折、わからない言葉が出てきて面くらう。

おふくろのいうワダエレというのは、毎年秋になると自分で拵えて送ってよこす、綿のぼってりと入った半纏のことだ。

私は、仕事をするときは、真夏でも、シャツなしの肌襦袢《はだじゅばん》で和服を着ないことには落ち着かないが、その仕事着の和服の上に着る半纏である。

おふくろは、六月がくれば満で八十歳になるが、まだ自分で針仕事をする。もう以前のように袷《あわせ》や羽織を縫うというわけにはいかないが、半纏や子供の浴衣《ゆかた》ぐらいなら他人に手伝って貰わなくても縫うことが出来る。針の穴に糸を通すことも、自分でする。とてもいちどでは通らないが、老眼鏡を鼻眼鏡にして、何度でも根気よく試みる。見兼ねて、私が帰省していて、そばにいても、ちょっとこれを通してくれとはいわない。

「どれ、貸しなさい。」

というと、恥ずかしそうにほっほっほっと笑って、

「どうも近頃は、目が駄目になってせ。」

という。

そんな有様だから、一枚の半纏が出来上るまでには、長い時間がかかる。夏、一と月遅れの盆に一家で帰って、そろそろ東京へ引き揚げようというころになると、おふくろは思い出したようにどこからか私の半纏を持ち出してきて、仕立て直しに取りかかる。

「綿は沢山入れなくていいですよ。東京はここみたいに寒くないから。」

私はいつもそういって引き揚げてくるのだが、十一月ごろ、速達の小包便で届いたのを開けてみると、いつものように綿がぼってりと入っている。

私は、子供のころ、座敷の畳の上に布団や丹前をひろげて綿入れをしているおふくろの両肩にふんわりとまるくのっかっている真綿の玉を、まるで綿飴にそっくりだと思って眺めたものだが、いまでもおふくろがそんなふうにして私の半纏に綿を入れるころは、郷里はもう霜が降りる季節だから、背中が冷え冷えとして、それでつい、肩に真綿を余計にのせてしまうことになるのだろうか。

それはともかく、せっかくだから、私はその半纏を着て一と冬を過ごす。そうでなくても、この四、五年来、私はみっともなく太ってしまって、この半纏を重ね着するといよいよまるく膨れてしまう。とても人前には出られないが、自分の部屋にいる分にはべつに不都合なこともない。

私は、冬は炬燵《こたつ》で育ったせいか、スチームとかストーブのたぐいは苦手で、部屋全体が暖まると、頭がぼんやりしてきて眠くなる。それで、いまでも冬は炬燵だけだが、やはり東京でも寒中の夜明けなどには、外の寒さが肩や背中に貼りついてくる。そんなとき、この半纏があると、随分助かる。これを着ていると、どんなにシバレる晩でも（私の郷里ではひりひりする寒さのことをそういっている）肩や背中に寒さを感じるということはない。炬燵に顔を伏せて居眠りをしても、ごろ寝をしても風邪をひかない。夜なら、そのまま外へ出ればハーフコートぐらいの役目はする。

半纏の生地はほとんどおふくろの着物のお古である。おふくろはもう八十だから、大抵の着物は若くなって、けれどもまだまだ着ようと思えば着られるものを、ほどいては半纏に仕立て直すのである。新しい半纏を拵えると、小包にして送ってよこす。小包のなかにはかならず手紙が入っていて、それには、これはいくつのとき着た着物の生地で、その着物を着てどんなところへいったかというメモのようなことが書いてある。おしまいには、

『ちょっと悪くない品物でし』

と書いてある。

なるほど品物は上等らしいが、なにぶん古いし、こちらは作業衣のつもりで容赦なく着るから、春先になると、袖口や裾は摩り切れ、袖の付け根の裏がさんざんに綻《ほころ》び、襟《えり》が光り、背中や肩には一面になかの真綿がちいさな玉になって噴き出してくる。

毎年、春になると、こいつももう寿命が尽きたと思って郷里へ送り返してやるのだが、秋にはまた見違えるように小ざっぱりと仕立て直したのが送られてくる。相変らず、綿もどっさり入っている。

おふくろと電話で話した長女に、

「ほかに、なにかいってなかったか?」

と尋ねると、

『今度もまた騙《だま》されたなあ。おらは、がっかりしたえ』

おふくろがそういっていたと、長女はいった。

「なんだか元気のない声だったわ。お祖母《ばあ》ちゃん、かなり参ってるみたい。」

そういうので、私がちょっと笑って、頭をくらくらさせて、

「でも、仕方がないなあ。」

というと、長女も頭をくらくらさせながら、

「そうね、仕方がないわ。」

といった。

おふくろは、このところ心身の不調に陥っている。軀の方は、これはもう持病のようなものだが、心臓の具合が思わしくなくて、ときどき狭心症の軽い発作に襲われる。四、五年前までは、誘いの手紙を出すと、早速汽車で十時間あまりの長旅をして出てきたものだが、もうそれも出来なくなった。

見たところ、前に比べてそれほど弱ったとも思えないが、診て貰っている医者に、

ちょっと東京へいってきたいがどんなものだろうかと伺いを立てると、前にはすぐ、いってらっしゃいといって滞在する日数分の薬をくれたのに、近頃は気の毒そうに、無理ではないだろうかというそうである。いきたいならいっても構わないだろうが、その代わりあとの責任は持てないというそうである。おふくろは、自分ではなにほどのこともないと思っているが、長旅のあとでどうなるものやら、勿論、自分でも見当がつかない。まわりに迷惑をかけるのがこわくて、おふくろは郷里の家のなかで足踏みをしている。

長女が生まれたとき、おふくろは六十七歳だったが、この子が小学校へ上るまでは死なないといった。小学校へ上ると、今度は卒業するまでは死なないといった。実際、その通りになって、長女は小学校を卒業したが、おふくろはもうくたびれたのか、今度は中学校を卒業するまではという代わりに、長女が中学校の入学式へ出かけるところが見たいといった。

どうぞ、どうしてもそうしたいというのなら――私たちはそう返事をして、そのときは妻が迎えにいくことにきめていた。ところが、この春先の寒さが、思いのほかおふくろにはこたえた。その上、三月の半ば過ぎに、新潟県の小千谷に住んでいた叔父のひとりが、急に亡くなったことがこたえた。

この叔父は、慶応出身の医者で、まだ六十六だったが、心筋梗塞で急に亡くなってしまった。小千谷に住む前は、長く横浜の鶴見に住んでいて、私の兄や姉たちが随分世話になった叔父である。私は、この秋、せっかちにも自分から生涯を閉じてしまった兄や姉たちの足跡をつぶさに辿《たど》って、私たち一家の忌わしい血の歴史を長篇小説に書くつもりだが、この叔父には沢山聞かせて貰いたいことがあったから、小千谷の従妹《いとこ》から急死を知らされたときは、茫然とした。

おふくろへは、私が電話で知らせた。しばらく雑談してから、

「ちょっと悪い知らせがあるんだけど……椅子に腰かけてますね？」

と確かめてから、叔父の訃報を伝えた。

おふくろは、ちいさな悲鳴を上げたが、思いのほかしっかりした声で、私に弔問の際の心得を話したり、叔母や従妹へのことづけを託したりした。そのあと、しばらく黙っているので、声をかけると、おふくろは、受話器をちゃんと耳に当てているからそんな大声を出すことはないといって、唐突に若いころの思い出話を一つした。

上京するたびに、亡くなった叔父にアイスクリームを御馳走になって、すると食べ馴れないアイスクリームの冷たさに、咳が出て止まらなくなったという、他愛もない思い出話である。

「キッちゃんに（叔父の名は吉平という）アイスクリームで咳をするのはジャイゴタロだと、よく笑われたなあ。」

歌うようにそういうおふくろの声が、尻すぼまりにかぼそくなって、不意に受話器を置く音がした。

ジャイゴタロは、在郷太郎だろう。私の郷里では山里の人のことをそういっている。

それ以来、おふくろはすっかり元気をなくしてしまった。とても上京出来そうもないので、春休みに、こちらからみんなでおふくろを慰めに帰ることにして、乗物の手配も済ませ、郷里へも帰る日時を知らせておいたところ、出発の前々日になって、次女が高い熱を出して寝込んでしまった。

それで帰郷は取り止めになったが、おふくろが騙されたといっているのは、そのことである。摩り切れた半纏も、自分で持って帰るつもりだったのがそのままになっているので、おふくろはくやしまぎれに、さっさと送り返せといってきたのだろう。

私は、おふくろが針仕事をしながらしゃぶる抹茶飴を一と袋、半纏の袂《たもと》に入れて荷作りをしながら、それにしても近いうちにいちど田舎へ帰ってこなければなるまいと思った。

私の木刀綺譚

晴れた日は、朝、裸足で庭へ降りて、木刀を振る。振るといっても、ただ盲滅法に振り回すわけではない。私は、旧制中学時代、剣道部の熱心な部員であった。だから、多少はすぶりの心得がある。

ひとつ、ふたつ、みっつ……と口のなかでゆっくり数えながら、目に見えない相手の面を打つ要領で、二百回振る。

私は汗っかきだから、五十回を過ぎるあたりから顔に汗の玉が転がりはじめる。百回を越えると、もうとても目をあいてはいられない。一と振りごとに、一歩前進、後退を繰り返すから、足の裏には朝露に濡れた土が分厚く貼りついて、足袋の底だけを履いているような感じになる。

私の庭は、せまいところに好きな樹木をやたらに植え込んだものだから、いまでは頭上に枝先が伸びて、満足に木刀を振れるような空間もない。二百回のすぶりを済ませて、顔の汗を拭きながらあたりを見回してみると、近頃は楓《かえで》や椎の若葉を随分散らしてしまったことに気がつく。

もう二十七、八年も前のことになるが、私がまだ郷里の旧制中学の生徒だったころ、M先生という、九州は鹿児島出身の若い剣道師範がいた。私は剣道部の部員だったから、毎日この先生に稽古をつけて貰ったわけだが、いま私が使っている木刀は、今年の正月に、そのM先生が鹿児島からはるばる送り届けてくれたものである。

M先生は、いまでも鹿児島の高校で剣道を教えておられる由だが、今年初めて貰った年賀状に、長年音無しの構えで失敬した、近々ちょっとした木刀を贈るから暇なときに振ってみてくれないかと書き添えてあった。その後、まもなくして届いたのが、この木刀である。

これは、なんという木だろうか。赤褐色の、艶のある木で拵えた、反りのゆったりとした、素朴な姿の木刀である。私は、包みをあけて一と目見たとき、（べつになんの根拠もないのだが）あ、塚原卜伝《ぼくでん》の木刀だ、と思った。もしかしたらM先生の手製なのかもしれない。

青眼に構えると、しっとりした重みが両腕に伝わってくる。振ると、頭上でかすかに虻《あぶ》の羽音に似た音がする。なるほど、ちょっとした木刀に思える。

私たちの剣道師範だったころのM先生は、まだ三十前だったが、肩書が錬士ということだったから、段でいえば五段か六段ではなかったかと思う。色は浅黒く、ちょっと珍しいほど彫りの深い、精悍《せいかん》な顔をしていて、すこし窪んだ切れ長の大きな目は、笑うと却って凄みが出た。剣道ばかりではなく、喧嘩の方の腕っぷしも相当なもので、港で一番の荒くれ者の腕を簡単にへし折ったという武勇伝の噂もあった。

それにしても、鹿児島の人が、どうして東北くんだりの田舎中学などへ赴任してきたものだろう。明治維新のころ、郷里の八戸《はちのへ》藩の藩主だった人が、薩摩の島津家からきているが、もしかしたらそういう筋で招かれたのかもしれない。それとも（当時はまだ戦争中だったから）兵役を逃れる算段でもあったのだろうか。

M先生は、武道の師範なのに軍隊風のことは嫌いらしくて、朝、戦闘帽にゲートル姿の私たちが登校の途中で先生に会い、「敬礼。」と叫んで挙手の礼をしても、先生はただ苦笑まじりに、「お早う。」とうなずくだけであった。

それでも、薩摩隼人《はやと》の血を引いているということで、生徒たちは、M先生には一目《いちもく》も二目も置いていた。あのころの中学生は先生に綽名《あだな》をつけるのが巧みで、どの先生にもそれぞれ穿《うが》った綽名がついていたものだが、私たちの学校では、M先生にだけはそれがなかった。

尤も、M先生に綽名を奉るにしても、まず〈剣士〉とでもするよりほかはなかっただろう。実際、私はいまでも剣道のテレビ放送はよく見るが、その風貌姿勢において、M先生ほどの剣士らしい剣士はまだいちども見たことがない。

ただ、M先生には、私たちにとってちょっと迷惑な癖が一つだけあって、頰っぺたの柔かそうな一年坊主が近寄ると、不意打ちに鬚の濃い顎《あご》をこすりつけてくるのである。実は、私もその不意打ちに悩まされたひとりなのだが、（ああ、私にもそのような頰の柔かな少年時代があったのだ！）鬚はよく剃ってあっても、あとがいつまでもひりひりして、かなわなかった。

けれども、だからといって、M先生にいわゆるお稚児《ちご》さん趣味のようなものがあったとは思えない。剣道部に入って、初めて上級生に連れられてM先生のお宅を訪ねたとき、玄関に、まだ二十にもならないような、色の白い、目のぱっちりとした女の人が出てきた。女学生のように髪を三つ編みにしていたので、妹さんかと思っていたら、あとで上級生が、あれは奥さんだというので、びっくりした。

そのとき、一年生仲間のひとりが、溜息まじりに、「おいたあ……。」といったが、私もなにか口にするなら、やはり「おいたあ……。」とでもいうほかはなかっただろう。おいたあ、というのは、私の郷里では、あまりのことに開いた口が塞がらないというときに思わず洩らす嘆声である。この場合は、驚きのほかに、それはあんまりだ、殺生な、と、なじりたい気持も含まれている。私たちは、びっくりさせられたついでに、ちょっぴりM先生を嫉妬したのだ。

ところが、翌年、M先生の奥さんが駅前通りの産婦人科病院に入院することになり、私たち二年部員が何人かでM先生のお宅へ荷物運びの手伝いにいった。奥さんは、おなかが大きくなっていた。私たちは、病院が病院だから、大方そんなことではないかと話し合ってきたのだが、現実に奥さんのおなかを見た途端に、みんな逆上したようになり、そう大して重くもない布団袋や洗面器のたぐいを、ヤアレ、コノ、ヤアレ、コノと、どえらい掛け声でリヤカーへ積み込み、駄賃代わりに貰った林檎を無理にズボンのポケットにねじ込んだ。

奥さんは、縁側に膝を落して、

「どうも御苦労さまでした。ありがとう。」

といった。私たちは、そのとき初めて奥さんの顔をまっすぐに見たが、あんなに美しかった顔がお気の毒にも蒼白くむくんで、瞼でさえも重そうだった。おなかを抱くようにしてお辞儀をすると、赤いリボンを結んだ三つ編みの髪が、肩からぽろっと前の方にこぼれた。

私たちは、あわててお辞儀をしてお宅を出たが、病院に着くまで、誰も口を利かなかった。病院の門を入るとき、不意にひとりが自分を励ますように、「産科が、なんだ。」というので、私も負けずに、「婦人科がなんだ。」といった。けれども、奥さんはそれから数日後に子癇《しかん》という病気を起こして、おなかの子供と一緒に亡くなってしまった。

悪いときには、悪いことが重なるもので、M先生が奥さんの看病で家を留守にしていた間に、泥棒が入って、家宝にしていた日本刀や古い刀の鍔《つば》、それに家具から衣類まで、ごっそりどこかへ運び去った。さすがのM先生も、頬がげっそりこけてしまった。

泥棒にだって、質《たち》のいいのと、悪いのとがあるだろう。私たちは、自分のふるさとにこんな心ない泥棒がいるのかと思うと、薩摩隼人の先生に恥ずかしくてならなかった。部員が全員集まって、泥棒は出来ることなら自分たちの手で捕まえようと話し合った。その前に、取り敢えずお詫びの印に、お見舞金を差し上げようということになり、みんな小遣いを出し合って、封筒に入れた。

私は、三年部員の監督のお供で、その見舞金を届けにM先生のお宅へいった。玄関で声をかけても返事がないので、縁側の方へ回ってみると、ガラス戸を開け放った縁側のむこうの、がらんとした部屋の畳の上に、M先生が、確か私たちがリヤカーで病院へ運んだ目も醒めるような真っ赤な布団を頭からひっかぶって、寝転がっていた。布団の裾から、毛脛が一本はみ出ていたので、M先生だとわかった。「先生。」と監督が声をかけると、布団のなかから、「おう。」と呻《うめ》き声に似た返事があった。けれども、先生は起きてこないばかりか、布団から顔も出さなかった。しばらくして、「なんの用だ?」と訊くので、「お見舞いを持って参りました。」と監督がいうと、「すまんな。そこへ置いてってくれんか。礼はあとでみんなにいう。」とM先生はいった。

私たちは、先生の風邪でもひいたような鼻声が気になったが、いわれた通り見舞金の入った封筒を縁側に置いて、またどこかで泥棒が狙っていやしないかと、あたりに目を光らせながら帰ってきた。

M先生が、訓辞をするとき革のスリッパでいちいち床を蹴る癖のある配属将校と些細なことから口論になり、学校をやめて郷里の鹿児島へ帰っていったのは、それから二ヵ月ほどしてからである。

去年の八月十五日、終戦記念日に、郷里の旧制中学で私たちより二年先輩だった人たちが、復元卒業式というのをやった。その人たちは、戦争末期に学徒動員で川崎の軍需工場へ働きに出ていたが、現地で仮の卒業式を済ませた直後、空襲で宿舎を焼き払われて、誰も卒業証書を持っていなかったからである。

その折、当時の先生方も招待され、M先生もはるばる鹿児島から駈けつけて昔の教え子たちに再会された。勿論、旧剣道部員たちも先生の歓迎会を催した由だが、私は出席出来なかったので、郷里の友人に先生宛の手紙を託した。それが私たちの文通のきっかけになった。

——私は、先生から貰った木刀を振っていると、一と振りごとに自分が中学生の昔に還るのを感ずる。もういちど先生の門を叩いて、弟子入りしたい気持で一杯になる。けれども、いまや私はみっともないほど肥満して、いたずらに庭木の枝ばかり叩いているから、もはや木刀の鋒《きっさき》にはうっすら若葉の色が染みてしまった……。

学校から帰った長女が、私のところへやってきて、左手の指を一本立てて見せた。

「……わかる？」

見れば、誰にだって人差指だということが一と目でわかるが、長女は無論そんなことを訊いているのではないだろう。

私は、長女の手を見ると、すぐ、しもやけのことを思い出す。まさか、こんな夏のさかりにしもやけが出来るわけはないが、長女の立てた人差指が全体に濡れたように光っているので、

「そうか、豆腐屋の薬を塗ったんだろう。」

と私はいった。

豆腐屋の薬というのは、ニガリのことで、今年の春先、長女のしもやけがひどかっ

たころに、私は、豆腐屋が使うニガリを夏の土用のうちにしもやけが出来るところによくなすり込んでおくと、すぐれた効能があるということを思い出した。それで、手帖の土用の入りの日の欄に、『豆腐屋よりニガリを。晶子のシミパレ絶滅のため』と書き入れておいたのを、二、三日前に見つけて、妻に豆腐屋からニガリを分けて貰ってくるよう、いいつけておいたのである。だから私は、そのニガリを塗って貰ったのだと思ったのだが、

「薬は薬だけど、お豆腐屋さんのじゃないの。お豆腐屋さんの薬なら、この指だけじゃなくて、まだほかにも沢山塗るところがあるわ。」

と長女はいった。

それで、もういちどよく見ると、ひょろりとした指の第二関節のあたりが妙に節くれ立って見える。

「わかった。突き指したんだ。」

そういうと、

「はい、正解です。」

と長女はいった。

今年から中学生になった長女は、私の中学時代の真似をしてバスケットボールのク

テブに入っている。きょう、走りながらパスを受ける練習をしていたとき、飛んできたボールについ左手の方が先に出て、指先にボールが当ってしまった。ぼこんという音がして、すぐ人差指が痛んできた。見ると、その指だけ、ずんぐりとして、ちょっと短くなったように見える。びっくりした。

「それで、上級生に見せたら、あ、突き指だといって、指を引っ張ってくれて、それから薬をつけてくれたんだけど……痛くて指が曲げられないの。」

そういって長女がしょげた顔をするので、

「突き指ぐらいでへこたれちゃ、いけないよ。誰だって一人前の選手になるまでには、突き指ぐらいは何度でもするんだ。ほら、これを見ろ。」

と私はいって、自分の右手の小指を立てて見せた。

立てて——といっても、それは自分の気持ばかりで、私の右手の小指は、ぴんとまっすぐには立たないのである。まるでひどい猫背のように、内側に大きく彎曲したまま、いくら力を入れてもまっすぐにはならない。

「どうしたの？」

「突き指したんだよ、選手のころに。どういうものか、この指だけ何度も突き指して、とうとうこんなになってしまった。」

すると、長女はくすっと笑った。

「お父さんにも、下手な時代があったのね。」

下手だったのねえ、とはいわずに、下手な時代が、といったところがよかった。

「それは、下手な時代があった。それに、物がない時代だったから、練習するのにいろいろ苦労したし、怪我も多かった。なにしろ練習用のボールといえばほとんどいびつだったし、コートの床もささくれ立っていたからな。それに、靴だって容易に手に入らなかった。お父さんたちは、地下足袋で試合に出たことがある。」

「地下足袋って？」

「前の川の工事をしている人たちが履いてるだろう。底がゴムで出来ている、黒くて丈夫な足袋のことだ。」

長女は、両手で口を覆ってくすくすと笑い出した。けれども、実際そうだったのだから、笑われても仕方がない。

私がバスケットボールをはじめたのは、終戦の翌年の春からである。私は旧制中学の四年生であった。

戦争中、私たち中学生に許されていた運動といえば、剣道に柔道に銃剣術に海軍体操、それに相撲と水泳ぐらいのものであった。ところが、戦後は、相撲と水泳を残してあとは禁止ということになってしまった。私は剣道部員だったが、ある日、MPという腕章をつけた進駐軍の兵隊が数人、ジープで私たちの学校へ乗りつけてきて、剣道や銃剣術の道具を一つ残らず校舎の外へ運び出させ、それらを校庭のまんなかに山と積んで、ガソリンをたっぷり振りかけてから、吸いかけの煙草をぽいと放り込んで、燃やしてしまった。

私は、戦争が負けたことを知った瞬間は、胸の底がすとんと抜けたようになって涙も出なかったが、この盛大な炎を見たときは実に他愛もなく涙が込み上げてきた。私たち剣道部員は、誰からともなくその炎に向って横隊に整列して、声を揃えて剣道部歌を歌いはじめたが、MPのひとりがピストルをおさえて駈けてきて、「やめろ、やめろ。」と噛みつくように吹鳴《どな》った。私たちの剣道部歌の出だしの文句は、『おごる平家はえいたんの　よあいになれて亡びにき』というのだが、MPには、そんな文句よりも、私たちが兵隊のようにきちんと整列したのが気に入らなかったのだろう。

その冬、私は、絶えずなにかしなければならないという焦燥感に駆り立てられながら、現実には一体なにをすればいいのかわからなくて、ぼんやりしていた。私は、戦時教育で軍人になるように育てられたが、急に軍隊がなくなったからといわれても、それではこの先、軍人以外のなにになればいいのか、さっぱり見当がつかなかった。

なにを勉強し、なにを目標にして生きていったらいいのかわからなかった。

そんなところへ、戦争中に禁止されていた洋風のスポーツが一斉に解禁になったのだから、いわば自閉症気味の子供のまわりに、突然、遊園地が降って湧いたようなものである。目移りがして、どれを選ぶかきめ兼ねる者が多かったが、私は、かつての剣道部の仲間たち数人と一緒に、さっさとバスケットボールのクラブに入った。バスケットボールは、野球などとは違ってあまり道具が要らないせいか、クラブの発足が早くて、私たちもまた、なんでもいいからとにかく早く、なにも考えずにただ汗を流していたかったのだ。

いまなら、どんな田舎の中学校でも立派な体育館を持っているが、そのころは、私たちの県立中学には天井の梁《はり》がむき出しになった雨天体操場しかなかった。しかも、その雨天体操場の床たるや、戦争中に校舎に寝泊りしていた兵隊たちの軍靴に踏み荒らされて、うっかり雑巾がけでもしようものなら、手のひらにナイフのような棘《とげ》が刺さった。そんなところを駈け回るにはゴム底の靴が必要だが、そのころはまだバスケットシューズなどという洒落たものは闇市にもなくて、仕方なく私たちは素足に地下足袋を履いて練習した。

床もささくれ立っているなら、ボールの方も不良品が多く、空気を詰めてみると、どれもこれも出来そこないの西瓜《すいか》のようにいびつであった。床にバウンドしたボールがどっちへ飛ぶか、一瞬判断に迷ってしまう。体操場の端から端までドリブルで一直線に進めたら、大したものであった。

私が小指を何度も突き指したのはそのころだが、突き指ぐらいはまだいい方で、ある長身の選手など、ゴール下でジャンプをして降りた途端に、朽ちかけていた床板を踏み抜いて、みしりと向う脛を折ってしまった。私たちは、部室の板戸を外してその選手を乗せ、町の接骨医のところへ運び込んだが、医者は私たちがみんな地下足袋を履いているのを見て、「きみたち、どこの工事現場からきたのかね？」といった。

けれども、そんな悪条件に悩まされていたにも拘《かかわ》らず、私たちは試合に出ると、どういうものか我ながら薄気味悪くなるほど強かった。翌年の旧制五年のときは、県内で連戦連勝、とうとう国民体育大会に出場して準決勝まで勝ち進んだのだから、当時としては、まず相当なチームだったといっていいだろう。

そのころのチームメートで忘れられないのは、小学校時代からの好敵手で、剣道部時代も鍔迫合《つばぜりあい》で、バスケットボールでも正選手を争い合った工藤伸夫君のことである。彼は、小学校のころ健康優良児で表彰されたこともあり、万能選手で、五年生になるとめきめき腕を上げ、国体に出たころは私の方がベンチを暖めることが多かった。

私の背番号は十一番で、彼は十二番だったが、私はいまでも、気持が弱っているときなどに、夢のなかで、「八戸中学選手交代。十一番アウト、十二番イン。」と叫ぶ記録係の非情な声を聞くことがある。

工藤君は、その後、早稲田大学に進んで名リード・オフ・マンとして活躍し、日本鉱業に入社して実業団の花形選手になったが、惜しいことに、まだ三十四歳という若さで胃癌に斃《たお》れてしまった。

私の右手の小指はひどい猫背のように曲ったままだが、日常生活には別段なんの支障もない。耳の垢も自由に取れるし、相当にきつい指切りげんまんにも耐えられる。

長女の人差指には、上級生が油薬を塗ってくれたということだが、突き指には小麦粉を酢で融《と》いたのが一番効くから、私は自分で薬を作って、手当してしてやった。

「そんな薬で、私も猫背の指になっちゃったら？」

と長女がいうので、私は、民間療法を馬鹿にしてはいけないとたしなめて、人差指が猫背になったら人を指さすときにちょっと困るが、なに、まだいちどだけだからそんな心配は要らないといって、慰めておいた。

ジャスミンと恋文

私は、自分が筆無精なくせに、毎日の郵便物が待ち遠しくてならないという性分で、午前中、郵便配達が回ってくるまでは、自分の部屋にいてもなんとなく落ち着かない。別段、誰かの手紙を待ち焦《こが》れているわけでもないのに、どうしてこうもそわそわするのだろう。

以前、都落ちして田舎でくすぶっていたころは、とても家のなかでじっと待ってはいられなくて、毎朝、裏の木橋の上まで赤自転車を迎えに出ていたものであった。どこからもいい便りがあるわけもないのに、なにか祈るような気持で待たないではいられなかったあのころの癖が、いまだに抜け切らないのかもわからない。

近頃は、一般に郵便物の量が増えたのだろう、配達の人はオートバイに重そうな鞄をつけてやってくる。私のところの郵便物も年々増える一方で、いちいち郵便箱のちいさな口から入れるのが面倒らしく、紙の紐で一《ひ》と纏《まと》めに束ねたのを、「郵便ですよ。」と声をかけて低い塀の上にのせていく。

ちょうどそこへ、私が二階から降りていって、塀の上の郵便物をとってくる。私には、どういうものか、自分がそわそわしながら郵便を待っていたことを妻には知られたくないという気持があって、それで妻が茶の間にいるときは、「郵便か。」と独り言をいって大儀そうに庭へ降りていく。

郵便物は、大部分は雑誌に週刊誌に帯封をした新聞、それに私には用もないダイレクトメールのたぐいで、そわそわしながら待っていた甲斐があったと思うような手紙や葉書は、三日に一通あればいい方である。

手紙のなかには、ときどき郷里のおふくろからのも混じっている。おふくろの手紙は、宛名が鉛筆書きで、大きな文字で書いてあるから、一と目でわかる。郵便局へ出しにいくとき、ふところへでも入れていくのか、封筒が皺くちゃになっていることが多い。

けれども、おふくろからの手紙は、私宛のは一通もなくて、ほとんど私の長女宛のものばかりだ。宛名はいつも『三浦哲郎方　晶ちゃんへ』となっている。この、晶ちゃんへという宛名を見るたびに、また恋文だ、と私は思う。なんとなく手紙の重さを計るようにしていると、手のひらがむず痒《がゆ》くなってくる。

郷里の家に電話がついてからは、私はほとんどおふくろへ手紙を書かなくなった。妻も毎月、小遣いを送るときに短い手紙を書くだけで、ほかの用事はすべて電話で済ませている。おふくろの方も、虫眼鏡で新聞を読むようになってからは文字を書くのがひどく億劫になったといって、ときどき大した用もないのに、市外通話の料金が安くなる夜の八時を待ち兼ねたようにしてかけてよこす。夜、茶の間でテレビを観ていて、八時からの番組がはじまった直後に電話のベルが鳴ったりすると、子供たちはほとんど同時に、「あ、お祖母ちゃんからだ。」という。

そのおふくろが、わざわざ厚味のある手紙を書いてよこすのだから、長女にはよほどいいたいことがあるのだろう。私も妻も、おふくろと電話で話したあとは、なるべく長女に受話器を預けるようにしているが、おふくろにすれば電話だけでは物足らなくて、それに口ではさすがに照れ臭くていえないようなこともあったりして、それでわざわざ手紙に書いてよこすのに違いない。

おふくろがときどき長女に手紙をくれるようになったのは、長女がまだ幼稚園の生徒で字が読めなかったころからである。それで、最初のうちは私が読んで聞かせていたが、七十を過ぎたおふくろがどこで憶えたのか、随分甘ったるい文章を操る術を心得ていることに、私はびっくりしたものだ。どれも、まるで十七、八の小娘が書いた恋文のような手紙であった。

私は、二十を過ぎるまで、おふくろの手紙は勿論、おふくろが書いた文字というものさえ見たことがなかった。それが、二度目の学生時代、父が軽い脳軟化症になって、手が顫《ふる》えて字が書けなくなってからは、おふくろが代わって手紙を書くようになった。私は、おふくろの手紙を初めて読んだとき、おふくろが下手だが正しい文字を書き、ごく平凡な言葉を連ねてちゃんと意味の通る文章を書くことにびっくりし、なにやら厳粛な気持になってすぐ返事を書いたことを憶えている。

おふくろの手紙は、普段の話し言葉がそのまま文章になっていて、方言が随所に顔を出し、語尾にも訛《なまり》がそのまま出ているところに特色がある。だから、音読すれば人は笑うだろうが、私には却ってしんみりと読める。私は、おふくろの手紙を読むたびに、生家の炉端でおふくろによく身勝手をたしなめられた子供のころを思い出した。おふくろは、火箸で炉の灰になにやら複雑な模様を描きながら小言をいう癖があったが、そんなおふくろがありありと目に見えてきて、私はだんだん首がうなだれてくるような気がしたものである。

ところが、おふくろが長女に書く手紙は、どうだろう。これは、まるで田舎娘の恋文ではないか。私はわずか二、三通で辟易《へきえき》して、その後は手紙の読み役を妻に押しつけた。

勿論、いまはもう長女は自分で読むが、どうやら、おふくろの手紙の語り口は以前とあまり変っていないらしい。私は、今年になってから何度か長女がひとりでおふくろの手紙を読んでいるところを見かけたが、長女は顔を赤くして、背中に虫でも入ったように軀をくねくねさせたり、深くお辞儀でもするように軀を折って笑ったりしていた。

おふくろが長女にこんな手紙を書かずにいられないのは、長女が、七十近くなって初めて出来た孫だからではないかと思う。おふくろは、六人の子供を産んだが、そのうちの四人は若くして身を滅ぼしてしまって、結婚したのは末っ子の私だけである。ところが、その私も、結婚はしたものの、いっこうに一人立ちが出来なくて、長女が生まれるときもなにからかにまで、おふくろの世話にならなければならなかった。長女は、おふくろのおかげで生まれてきたような子供なのである。それだけに、おふくろの長女に対する愛着にはひとしお深いものがあるのだろう。

長女が生まれるとき、ちょうど都落ちをしていた私には、情けないことに父親らしいことはなに一つしてやれなかった。私はただ、妻が産気づいたことを知らせるために産婆の家へ自転車を飛ばし、台所のかまどの前にうずくまって産湯《うぶゆ》を沸かしたにすぎなかった。

長女の最初の産声がきこえてきたときも、私はまだかまどの前にうずくまっていて、一瞬、ぴょこんと立ち上ったきりであった。どうしていいかわからなくて、そのままそこに立ち竦《すく》んでいると、赤い顔をしたおふくろが遠くから私を叩くような手つきをしながら走ってきた。

「女の子だえ。産婆さんがな、忘れてきたって。ま、いいせ。女の子だって、いいせ。」

おふくろは、いくらか上ずった声でそういうと、思いがけない褒美にありついた子供のように、思い切り肩をすくめ、首をちぢめ、小柄な全身を亀のようにして、目をきつくつむって見せた。

産婆が忘れてきたとは、どういう意味なのか、なにを忘れてきたというのか、私にはさっぱり訳がわからなかったが、おふくろに連れられて産室を覗《のぞ》きにいくと、生まれたばかりの長女を風呂敷に包んで秤で目方を計っていた産婆が、

「女のお子さんでやんす。大事なものを、お母さんの腹のなかへ忘れておんであんした。」

といって、高笑いした。
それで、忘れてきたというのは男性の象徴のことなのだと、私は初めて気がついた。このあたりでは、残念ながら男の子ではなかったということをそんなふうに表現して、くやしさをみんなで一緒に笑い飛ばすことにしているらしい。
私は、男の子が生まれたら太郎と名付けようと思っていた。女の子の名は全く考えていなかったが、私の姉たちの人生があまりにも翳りの濃いものだったから、この子にはなるべく多くの日の光をと念じて、晶子と名づけた。
おふくろは、長女が泣くと、「おお、アチョコ、よしよし、泣ぐな。」といって、すぐ抱き上げた。私も妻も、抱き癖がつくといけないから出来ればそうして貰いたくなかったが、おふくろはすぐ抱き上げることをやめなかった。おふくろは、背中をまるめて長女を抱いて、聞き馴れない子守唄を歌いながら縁側を何度も行きつ戻りつした。
『おら方《ほ》のアチョコは
ねんねこやーい
アチョコはええ子だ
ねんねこやーい』
こういう簡単な文句の子守唄である。これにちょっと沖縄民謡に似た節をつけて、おふくろは悠長に、何度も繰り返し歌っていた。

おとといも、おふくろから長女に手紙がきた。長女は、その手紙を持ったまま自分の部屋に入ったが、夕食のとき、「ジャスミンって、そんなにいつまでも匂うものかしら。」といった。だしぬけに、どうしたのかと思ったら、おふくろの手紙に、『いまでもジャスミンの匂いがフッとして、そのたんびに晶ちゃんのことを思い出すていまし』と書いてあったという。

ジャスミンというのは、この夏、私たちが帰省するとき、お茶好きのおふくろへ土産に持ち帰った中国茶の匂いのことだが、おふくろは花の匂いが強すぎて好かんといって、ほとんど飲まなかった。それで、私たちだけで飲んで帰ってきたのだが、いくらジャスミンの匂いが強くても、そんなにいつまでも匂うものではないだろう。

ジャスミンが匂うと思うのは、おそらく長女恋しさからくる錯覚だろうが、私にはおふくろの恋情にけちをつける資格がないので、

「さあね。しかし、お祖母ちゃんが匂うといっているなら、匂うものかもしれないな。」

私は長女にそういって、あとは黙って食事をつづけた。

汁粉に酔うの記

先日、テレビで鹿児島国体の中継放送を観ていたら、郷里の旧制中学で一緒だった男の顔が画面にぬっと出てきて、びっくりした。

私は、いまでも図書館で調べものをしに時折郷里へ帰っているが、ほんの二、三人の幼馴染みを除いて、中学時代の級友たちには滅多に会うことがない。卒業以来、クラス会にも出たことがないから、大部分の級友たちについて、誰がどこでなにをしているか、ほとんど知らないといっていい。だから、そのころの見憶えのある顔が、いきなりテレビにぬっと出てきたりすると、びっくりする。

もう十年も前のことだが、芥川賞の選考会があった晩、ある知人が蕎麦屋でざる蕎麦を食べながらテレビのニュースを観ていると、不意に私の顔がぬっと出てきた。ちょうど店は込んでいて、アナウンサーの声がよく聞き取れなかったが、あ、いけねえ、あいつ、なにか悪いことをして指名手配になったんだと、その人は瞬間そう思い、蕎麦を半分すすりかけたままテレビを見詰めているうちに、手に持っていた蕎麦猪口《ちょく》がひとりでに傾いて、たれでズボンを汚してしまった。

　私が観ていたのはスポーツ放送だから、旧友の顔がいきなり出てきてもそんなに驚きはしなかったが、それでも思わず、「あ、あいつ。」と私は口に出してそういった。人間の顔は、七年会わずにいると随分変った感じになると聞いたことがあるが、その旧友の顔はもう二十二、三年も見なかったのに、一と目でわかった。名前もすぐに思い出して、そのときテレビの前にはほかに誰もいなかったのに、「あれはＴだよ。へえ、Ｔがあんなところにいる。」と私はそんな独り言をいった。

　あんなところというのは、試合場のベンチの前で、Ｔはトレーニングシャツの腕をまくってラウンドの合間に戻ってきた選手の世話を焼いていた。バスタオルで汗を拭いてやり、片手で首の付け根のあたりを揉んでやりながら、耳元になにか囁《ささや》きかけている。選手は、されるがままになりながら、こっくりこっくりうなずいている。やがて、ブザーが鳴ると、Ｔは選手の肩を叩いて送り出し、自分はベンチの中央に腰を下ろした。

　そうか、Ｔはいまそのチームのコーチをしているのかと、私は思った。旧制中学時代、Tは運動には縁のないような男だったから、おそらく教師になってその高校に赴任して、それからなにかの縁でスポーツ選手の面倒を見るようになったのだろう。

Tの顔は、最初見たとき中学時代そのままだと思ったが、坊主頭の選手たちに挟まれてベンチに坐っているところを見ると、やはり随分老けたことがわかった。まわりが童顔ばかりだから余計そう見えるのか、Tが齢をとったから一層まわりの選手たちが幼く見えるのか、とにかく私には、Tの老けた顔だけがベンチから浮き上って見えた。

若い高校選手のなかに、コーチの中年教師が坐っている。一見、なんでもないベンチの風景だが、私には一つ、感慨があった。私は、自分のスポーツ少年時代をついこの間のことのように思い出すことがあるが、実際はもう、いつのまにか手も届かないような昔のことになってしまったのである。ベンチのTを見ていると、そのことを厭でも納得しないわけにはいかなかった。

私も、旧制中学の五年生のとき、バスケットボールの選手として国民体育大会に出たことがある。終戦の翌々年の秋のことで、開催地は金沢市であった。

いまでも、高校の選手たちは、よそへ試合に出かけるとき遠征という言葉を使っているだろうか。いまは誰でも好きなところへ気軽に旅の出来る時代で、交通機関も整っているから、よほど遠くへ出かけてもはるばる遠征してきたという実感が湧かないのではなかろうか。私たちのころは、隣町へ試合にいくときも、遠征にいくといっていた。どんな乗物も鮨詰めの満員、どこへいくにも食糧持参で、ちょっと旅をするにも覚悟が要ったころのことである。私たちの遠征は、遠くてせいぜい隣県までだったが、県境を越えると、いよいよ敵地へ乗り込んだという緊張で、あまり笑えなくなったことを憶えている。

それが、国体では、北陸の金沢まで出かけようというのだから、大遠征である。私たちは、南京袋のような布で出来たボストンバッグの腹に、青森県立八戸中学校籠球部員なんの誰某《たれがし》と墨で書いた布ぎれを縫いつけ、釣鐘マントの綻びを繕い、学生帽は機械油で光らせた上に卵の白身を塗って化粧した。

青森から、裏日本回りの国体列車が出るというので、私たちは青森までいって、他の競技の選手たちと一緒にその列車に乗って出かけた。国体列車というのは、青森から、途中の県の選手団を拾いながら金沢までいく特別仕立ての列車である。終戦の混乱がまだつづいていて、そんな列車でもなければ、何日掛かったら金沢まで全員揃って辿り着けるのか、ちょっと見当がつかないような世の中だったのだ。

金沢がその年の開催地に選ばれたのは、多分そこが戦災を免れた少数の都市の一つだったからだろう。金沢はどんより曇っていて、私たちは、駅からあまり遠くない市電通りの能登屋という旅人宿に投宿した。黒い天井が頭をおさえつけるように低い、外から帰ってくると廊下も階段もまるで夜道のように暗い宿であった。

私たちは、表二階の部屋に引率の教師を混じえて雑魚寝をした。引率の教師は、福島県出身の鈴木という若い体操の先生だったが、その鈴木先生は私たちに、強い福島訛で、充分《ズーブン》に眠って早く長旅の疲れをとるようにといった。けれども、私たちは大遠征の興奮でなかなか眠ることが出来なかった。ひそひそ話をしているうちに、腹が減ってきて、ボストンバッグから豆を炒《い》ったのを出してぽりぽり食べはじめると、もう眠ったとばかり思っていた先生が、うーんと伸びをして、ついでに黙って手のひらを出した。

翌日、私たちは、市内の体育館へ練習に出かけたが、天井の低い雨天体操場しか知らなかった私たちには、まるで飛行場の格納庫のように広く感じられ、ゴールまでの距離がうまく摑めなかった。床があまりにもなめらかすぎて、私たちは何度も滑って転倒した。

その日の練習を見て、鈴木先生は早くも明日の試合を諦めたようだった。私たちとて、県内では圧倒的な強さを誇っていたものの、中央へ出てきてまさか勝てるとは思っていなかった。その晩、粗末な夕食が済むと、鈴木先生は私たちの気を引き立てるように、「せっかく金沢まできたんだから、一つ、旨いもんでも食っていくんべ。」といった。

私たちの宿のちょうど真向いに、〈甘党本陣〉というちいさなお汁粉屋があった。先生は私たちをその店へ連れていって、お汁粉を一杯ずつ振る舞ってくれた。舌が焼けそうに熱い小豆色の重湯のようなお汁粉で、器の底には餅の代わりに大きな栗が一つ沈んでいた。

私たちは、そのお汁粉を食べてみて、それが非常に甘いのにびっくりした。いまなら、お汁粉が甘いのは三歳の子供でも知っているが、戦時中に育った私たちは、そう甘いお汁粉など食べたことがなかった。私たちはそのお汁粉を食べながら、世の中にこんな甘いものがあったのかと思い、感動した。その異様なほどの甘さは、砂糖ではなくてサッカリンの甘さに違いなかったが、甘いものに飢えていた私たちには、舌が痺れるほどに旨かったのだ。

器がからになると、もうおしまいかと、がっかりした。断然、一杯だけでは物足らなかった。

「先生。」と食いしん坊のひとりがいった。「これ一杯きりですか?」

ああ、一杯きりだ、と先生は答えた。私たちは顔を見合わせた。

「じゃ、先生、こうしませんか。」とキャプテンが私たちを代表していった。「明日勝ったら、二杯ずつ……ってことに。」

まさか勝つとは思わない先生は、よかろうといった。

「あさっても勝ったら、三杯ずつ……。」

「よかろう。」

食いたい一心というのは、おそろしい。私たちは、取り敢えずお汁粉二杯を目標に奮闘することを誓い合い、翌日、一回戦にのぞんだが、八戸を誰もハチノへとは読んでくれなくて、場内放送までが青森県代表ハット中学と紹介した。私たちは一層奮起した。

私たちの郷里では、ウドンのことをハットというが、「ハットならもう食い飽きてらあに。お汁粉だ。」と誰かがいって、それが私たちの合言葉になった。私たちはチャンスにもピンチにも、「お汁粉だ。」と互いに励まし合い、とうとう一回戦に勝ってしまった。おなじ流儀で二回戦にも勝ってしまった。三回戦にも勝ってしまった。約束だから、お汁粉が一杯ずつ増えたことはいうまでもない。

私たちは、とうとう準決勝まで進出した。鈴木先生はすっかり興奮し、郷里の学校へ福島訛を丸出しに、『ズンケツマデススム、カネオクレ』と打電した。準決勝のときは、さすがに場内放送も正しくハチノヘと紹介してくれたが、私たちは一ゴールの差で惜敗した。けれども、思いがけなくベスト・フォアに残ったのだから、引率の先生としても鼻高々である。おまけにもう一杯ずつ、どうだというので、私たちは遠慮なく頂戴することにして、その晩は全員でお汁粉を五杯ずつ食べた。私たちはすっかり堪能した。甘いものでも沢山食べると酔ったような気分になることがわかった。私たちは、しばらくテーブルに頰杖を突いて静かに余韻を味わってから、宿に帰って、ぐっすり眠った。

金沢を引き揚げるとき、学校と電話連絡をとった鈴木先生の話によると、私たちのために郷里は沸きに沸いていて、駅には全校生徒が出迎え、一大歓迎会を催すということであった。ところが、帰りの汽車の接続が思うようにいかなくて、帰郷の予定が狂ってしまい、私たちが郷里の駅に辿り着いたときは、出迎えの人がひとりもいなかった。

私たちは、なぜともなく顔を赤くして、ひそひそと笑い合った。駅前広場の防空壕跡に咲いている鶏頭の花が眩《まぶ》しかった。

方言について

忘年会のシーズンで、私たちの〈あずまし会〉でも、今年はクリスマスが過ぎたころに、いつもの店で飲み納めの会をすることになっている。

いつもの店というのは、上野の駅の近くにある青森県の郷土料理の店のことで、〈あずまし会〉というのは、この店で知合ったおなじ青森県出身の酒飲みたちで作っている小人数の親睦会である。年に二、三度、なにかと名目を拵《こしら》えては上野の店に集まって、誰に気兼ねもなく田舎弁をまくし立てながら地酒を飲み、かつ田舎料理を腹一杯に食う会だ。

〈あずまし会〉のあずましとは、どういう意味かとよく訊かれるが、私にはうまく答えられない。なぜかというと、これはおなじ青森県でも津軽地方の言葉だからで、おそらくこのあずましという言葉のニュアンスは、津軽の人でないと相手を納得させるような説明は出来ないと思う。

青森県といえば、即ち津軽だと思っている人が多いようだが、そうではなくて、津軽は津軽半島のある西側半分だけである。下北半島のある東側半分は南部というが、津軽地方と南部地方とでは、風土も言葉もかなり違っていて、言葉のことをいうなら、たとえば津軽のあずましという言葉は、南部にはない。

津軽の人たちは、上機嫌なとき、なにかにつけて、

「わい、はあ、あずましの。」

という。たとえば、気心の知れた仲間同士で和気藹々《あいあい》と酒を酌み交わしているときなどに、思わず口を突いて出てくる言葉があずましである。また、遠い雪道を歩いてきて、冷え切った軀をちょうどいい湯加減の温泉に沈めたときなどに、思わず口から洩れる言葉があずましである。

要するに、あずましとは、『なんとも実にくつろいで、いい気分』のことのようだが、津軽の人にいわせると、この言葉には、ただ快適さばかりではなくて、我が意を得たりという歓びも含まれているらしい。

たとえば、仕事が自分のペースで順調に進んでいるようなとき、津軽の人たちは、

「なんともあずましく行ってらじゃ。」

という。自分の舌にしっくりくるような味に出会ったときにも、「あずましの。」といったりする。あずましは吾妻しだという説もある。

歌手の淡谷のり子さんも津軽の人だが、いつかテレビを観ていると、淡谷さんがアナウンサーと郷里の津軽の話をしていて、あずましといった。すると、アナウンサーは早速、あずましとはどういう意味かと淡谷さんに尋ねた。

「要するに、どういうことをあずましというんですかね。」

「要するに、ねえ……。」

淡谷さんはちょっと首をかしげていたが、やがて、

「要するにもなにも、あずましはあずましとしかいえませんね。方言のニュアンスってものは、あなた、とても言葉でいえるもんじゃないですよ。」

といった。

津軽の人がそういうのだから、南部生まれで南部育ちの私にあずましのニュアンスがよくわからないのは当然のことだが、実際、津軽のあずましに限らず、方言の心というものは、それを人に伝えようにも適切な言葉がどうしても見つからない場合がしばしばで、私は、そんな一と筋縄ではいかない方言というものに強い愛着を抱いている。

私の子供のころは、おなじ青森県のなかにいてさえ、津軽と南部の言葉の違いはいまよりも遥かに顕著だったように思う。

そのころは、どういうものか、私たち南部の町々の警察署には、津軽出身の巡査ばかりきていた。津軽出身の巡査だから、勿論、話す言葉は津軽弁である。それで、私たち子供は、巡査たちが話す津軽弁を、権威ある巡査言葉だと思い込んでいた。

遊び仲間が集まって、ジャンケンをして、負けたひとりが泥棒になって逃げ回り、残りが巡査になって追跡して遂に引っ捕えるという遊びがあって、私たちはその遊びを〈泥棒・巡査〉といっていたが、その〈泥棒・巡査〉で巡査になった者は、心得ていて、泥棒を訊問するときはちゃんと巡査言葉の津軽弁を用いた。

「おい、おめえ、なして人のもの盗《と》ったんだば！」

これは、津軽弁である。すると、泥棒は南部弁で答える。

「あい。おら家《ほ》はなす、貧乏でやんすへで。」

「貧乏だば、人のもの盗ってもいいんだが（いいというのか）。どだばして！（どうなんだ！）」

「あい。済《し》みゃんせん。」

「今度《こんだ》がら泥棒なんかしたら、ただでおがねがらな！」

「あい。はあ（もう）やりゃんせん。堪忍《かに》してくんせ。」

「そへば（そんなら）一と晩泊めて堪忍してやら。」

巡査たちは、荒縄で泥棒を並木の銀杏《いちょう》の木の幹に縛りつける。ただし、もがけば容易に縄がほどけて逃げられるように、やんわりと縛りつけて、物蔭に隠れる。当然、泥棒は身をもがいて、まんまと縄から脱出する。けれども、巡査たちがそれに気づかぬはずがない。色めき立って、

「やあ、逃げだど！　ぼれ！　ぼれ！（追え！　追え！）」

これまた津軽弁で――遊びは繰り返される。

いまでも、まだ南部地方には津軽の警官が配属されているのかどうか知らないが、もしそうだとしても、いまなら、いくら津軽出身の粗野な警官でも、容疑者に対して、「どだばして！」などという乱暴な言葉は使わないだろう。子供たちもまた、いまは津軽と南部の言葉の違いなど、それほど強く感じていないらしい。

この秋、郷里にいる私の知人が、一家で津軽の林檎園へ林檎もぎの手伝いにいってきた由だが、そこの子供に、言葉がわからなくて困ったろうというと、そんなことは全くなかったという返事であった。すこし癖のある言葉だったけれども、言葉そのも

のは自分たちが話す言葉と全くおなじだったと、知人の子供は、これもまた私の郷里の人間らしくもない言葉遣いで、そういっていた。

近頃の田舎の子供たちは、学校の標準語教育やテレビの影響などで、どこの地方の誰とでも、言葉にはあまり不自由せずに話が出来るようになっているのではなかろうか。最近、旅先で道を尋ねるときなど、小学生に当れば一番わかりがいい。どんな辺《へん》鄙《ぴ》な土地へいっても、小学生ならこちらのいうことがすぐ通じるし、なかには、こちらがびっくりするほど歯切れのいい言葉で、てきぱきと教えてくれる子供もいる。

そんな他所者《よそもの》に使う言葉は、いまのうちはまだ彼等にとってもよそゆきの言葉なのかもしれないが、それが土地の言葉や訛を次第に駆逐して日常語にとって替わる日も、そう遠いことではないような気がする。

今年の夏の帰省中に、私は散歩の途中、田んぼのなかの小川の縁で鬼ヤンマを捕ろうとして、捕虫網の代わりの登山帽を、うっかり川の淀みに落してしまった。それで、近くの土橋の上にいた小学校一年ぐらいの男の子から鳥モチの竿を借りて、それで帽子を引っ掛けようとしたが、うまくいかない。仕方なく膝まで川へ入ることにして下駄を脱ぎ、ズボンの裾をまくり上げていると、土橋の上から見ていた子が、不意に、

「やっ、さては最後の手段だな。」

と、実に歯切れのいい口調でそういった。

誰か遊び相手がいたのかというと、そうではない。彼ひとりで、土橋の上から私を見下ろしているのだ。私の郷里には、大人でもこんな歯切れのいい半畳を入れる人はいない。私だって、子供のころは紙芝居の口調を真似て遊んだこともあったが、こんなにうまくはいかなかった。

私は、ちょっと呆れて土橋の上の子を眺めていたが、いずれはテレビで聞き憶えた台詞にしても、こうして使い馴れているうちに、いつのまにか日常語の一つになってしまうのだろう。

私がいまでも方言や土地の訛に愛着を持っているのは、むしろ、初めて東京へ出てきたころに、自分の方言や訛のために随分恥ずかしい思いをしたり、それらを自分の舌から追放しようとしてさんざんてこずったりしたからだろう。

私は、郷里の高校を出て上京したばかりのころ、電車の駅の売店で煙草を買おうと思い、売り子に向って、「買ーる。」といった。これは、郷里の子供たちがなにか買いに店へ入るときの挨拶の言葉で、東京なら、「くださいな。」に相当する。ところが、売店の女の子はきょとんとして私の顔を見ている。こういう場合、店の人としては、

「はい、なあに。」とか、「はいな。」とかいってくれなければ困る。きこえなかったのかと思って、もういちど、「買ーる。」というと、売り子は首をかしげて、「カールって、なんのこと?」といった。

私は、胸がどきんとして、あわててお辞儀をしてそこを立ち去ったが、自分はいまや、「買ーる。」さえ通じない異国にいるのだという心細さで、膝からすうっと力が脱けていくような気がしたことを憶えている。

今年の〈あずまし会〉の忘年会も、例年のように、会長の奈良岡正夫画伯のイタコの口寄せの物真似に、一同、抱腹絶倒することになるだろう。イタコの客を演じる俳優の田崎潤さんもまた絶妙で、私はこの会に出席すると、酒よりもまず、この二人の生粋の津軽弁のやりとりに酔ってしまうのである。

こんな〈あずまし会〉も、私たちが最後になってしまうかもしれない。

春は夜汽車の窓から

「特急の汽車って、どうして窓が開かないの？」

帰郷の旅が近づいてくると、きまって次女が訴えるようにそういう。初めのうちは、「危険だからでしょう？　特急はスピードを上げて走るから。うっかり窓を開けて首を出したり、手を出したりすれば、怪我をするかもしれないし、風でよその人に迷惑をかけるかもしれないし……。」

などと教えていた妻も、それが毎度のことだから、いまではもう、「また、はじまった。」と笑うだけだ。すると、

「笑い事じゃないわ。私の身にもなってごらんよ、お母さん。」

次女は口を尖らしてそういう。
二、三日前の午後、いつになく早咲きした白木蓮《はくもくれん》の花を二階の窓から眺めていると、

妻と次女とが庭で鳥籠の掃除をしながら、そんないつもの問答を繰り返すのがきこえた。

子供たちは、春休みで、そろそろ七ヵ月ぶりで岩手の祖母のところへ顔を見せにいく旅の仕度に取り掛かっている。宿題もなく、それに今年は、三人とも揃って卒業も入学もなくて、ただ四月の進級を待つだけの気軽な春休みだから、一週間ほどの岩手の旅も存分に手足を伸ばして楽しむことが出来る。勿論、次女もみんなと一緒に旅が出来るのは嬉しいのだが、ただ悩みの種は、往復の特急の窓が開かないことだ。それを思うと、次女は憂鬱になってしまう。

「あれ、本当に困っちゃうんだなあ。風がないと駄目なのよ、私。窓を長いこと閉め切っていると、酸素がだんだんすくなくなってくるでしょう。そうすると、もう駄目なの。窒息するみたいに息苦しくなってくる。軀がぐったりして、気分が悪くなってくる。みんな窓が開かないせいなのよ。あれ、なんとかならないかしら。」

この子は、どういうものか乗物に弱くて、家では一番のはしゃぎ屋なのに、なにか乗物に乗ると、忽《たちま》ち青菜に塩になってしまう。それでも、近頃は電車やバスやタクシーには馴れてきたが、飛行機や特急列車は依然としていけない。上と下はすこぶる元気で、食欲も旺盛なのに、この子ひとりはぐったりとして、なにか食べるとすぐ吐いてしまう。とりわけ、特急でも半日がかりの帰郷の旅では、途中から、まるで病人をひとり道連れにしているようなあんばいになる。いちどなどは、汽車から降りても吐き気が止まらなくて、休み一杯を寝て過ごしたこともあった。医者に診て貰うと、脱水症状を起こしているといわれて、太いブドウ糖を注射された。

こんなことでは、せっかくの帰郷もお互いに気の重い旅になってしまう。なんとか次女を乗物酔いから救う道はないものかと、絶えず心掛けているのだが、いまだに有効な方法が見つからない。酔い止めの薬も、次女にはいっこうに効き目がない。汽車に乗り込む時間や乗り込む前の食事も、いろいろに工夫してみたが、よい効果はあらわれなかった。どこかで、スルメをちいさく刻んだのをチューインガムのように絶えず嚙んでいると酔わないと聞いたので、それを袋に入れて持たせてみたが、やはり効き目がなかった。

昔からあるおまじないのたぐい——たとえば梅干を臍に当てておく、などということも、暗示にかけるつもりで試みてみたが、これも無駄に終ってしまった。座席を二人分占領してぐったり横たわっている次女が、服の下から手を入れて腹のあたりをもぞもぞさせていたかと思うと、

「これ、返す。でも、気にしないで。」

と、まだ絆創膏《ばんそうこう》が十文字についている梅干を手のひらにのせて出したときは、私はすっかりしょげてしまった。

こんなことを何度も繰り返しているうちに、次女自身も我ながら情けなくて、ひそかに原因を探っていたのだろう、遂に自分で、乗物に酔うのはその乗物の窓が密閉されているからだということを発見した。次女の乗物酔いの妙薬は、次女の言葉によれば〈酸素〉であり、〈風〉なのである。次女の旅には、〈酸素〉と〈風〉が必要なのだ。

実際、次女はそのことを発見してから、電車やバスやタクシーには酔わなくなった。どれも窓が開くからである。ところが、飛行機や特急列車は、そうはいかない。それで、次女はいまでも、帰郷の旅が近づくたびに、

「特急はどうして窓が開かないの？」

と恨めしそうに訴えたり、

「あぁあ、また盛岡まで六時間の辛抱か。」

などと、うんざりしたりすることになる。

盛岡まで、というのは、私たちの町には特急は停車しないので、盛岡で普通列車に乗り換えなければならないからである。盛岡で普通列車に乗り換えると、次女は早速窓際に陣取って窓を開け、存分に〈酸素〉と〈風〉を補給する。次女は、みるみる

蘇《よみがえ》る。頬には赤みが、目には輝きが戻ってくる。

「ああ、おなかが空いちゃった。」

そういって話す声にも、張りが出てくる。

次女は、ときどき窓から吹き込んでくる風に向って鼻を突き出し、目を細くして、じっとしている。私は、そのときくらい次女が気持よさそうな顔をするのを見たことがない。まるで、好きな人の膝の上に背中をまるくして、ごろごろと喉を鳴らしている仔猫のような顔をしている。


きのうの夕方、私は、無精していた頭があまりにもひどくなったので、昔風に七三に分けた頭が好きなおふくろをびっくりさせないように、次女を連れていつもの理髪店へ出かけたが、そのとき、家の近くの川べりの道でチリ紙交換の車に出会った。

こんな商売にも縄張りというものがあるのかどうか、毎日この川べりの道を流していくのはおなじ車なのかどうか、私は家にいても窓から覗いて見たことがないからわからないが、チリ紙交換でございと触れてくる声や節回しを聞いていると、同業入り混じって三人や四人ではないことがわかる。

ぼそぼそ声の囁き型。浪曲調。〈区役所からのお知らせ〉風——さまざまだが、私と次女が会った車は、声といい節回しといい、岩手の町の駅のアナウンスとそっくりであった。それで私は、その車とすれ違ってから次女にそういってみた。

「……そういえば、似てるね。」

と、次女はちょっと耳を澄ましてからいった。

それきり、次女はちょっと黙って歩いていたが、やがて、ねえ、お父さん、といった。

「日本には、窓が開く汽車ってないの？」

「それはあるよ。」と私は答えた。「あるけど、そんな汽車は各駅停車ののろくさい汽車だよ。」

「のろくさくても、上野からその汽車に乗れば、お祖母ちゃんとこまでゆける？」

「ゆけないね、途中で何度か乗り継ぎをしないと。お父さんが学生のころは青森行の普通列車が何本もあったんだけど、いまは一本もなくなった。でもね、各駅停車を乗り継いでいくと、時間ばかりじゃなくお金もかかるよ。途中で一と晩か二晩、旅館に泊らないといけないから。それに、食事だってそれだけ余計にしなくちゃならないし。」

次女はちょっと黙っていたが、

「私のお小遣い、来年の春までは貰わないってことにしても、足らないかなあ。」

と、独り言のようにそういった。

そのとき、私は正直いって、ちょっと胸を突かれたような思いがした。次女の悩みがそれほど深刻なものになっているとは思いもしなかったからである。次女の小遣いは、月々わずか三百円だが、それをそっくり一年分諦めてしまうというのは、子供にとっては容易ならぬことではないだろうか。

ゆうべ、私は、仕事が手につかぬままに、次女が憧れている〈窓の開く汽車の旅〉の思い出に耽《ふけ》った。私は、受験生時代から二度目の学生生活の前半ごろまで、窓の開く普通列車にしか乗ったことがなかった。妻を初めて郷里へ連れ帰ったときも、それから何年か後に都落ちをしたときも、夜行の普通列車であった。その翌年の春、再起を志して単身上京したときも、やはり夜行の普通列車であった。

真夜中に、どこかのちいさな駅で、ごとりと停まる。浅い眠りから醒めて窓を上げてみると、郷里ではまだ遠かった春が微風に乗って流れ込んでくることがあった。誰もいないホームの柵の外から枝をひろげている桜が満開で、夜明けにはまだ大分間があるというのに、勿体ないほど花を散らせているのを見たこともある。

また、いつかの春の夜、どこかの駅から乗り込んできて私の前の座席に着いた中年の女の人が、窓を上げると、外のホームには、下は五つぐらいの男の子から上は小学校六年生ぐらいの女の子まで、おなじ兄弟姉妹らしい五、六人の子供らがいて、「父ちゃんに、軀に気をつけてってな。」「母ちゃんも風邪ひかねよに。」などと口々にいい、母親も、「あいあい、盆には父ちゃんと帰ってくっから。みんな喧嘩しねよに留守をしてれや。」と答え、発車のベルが鳴ると、突然、茶目な男の子が指揮棒を振る真似をして、子供らは低い声で〈螢の光〉を合唱しはじめた。

母親はびっくりして笑い出し、つぎにはあわて気味に、「やめれ。やめれったら。」と子供らを軽くぶつ真似をしているうちに汽車が走り出し、ホームの灯が流れ去って外が暗闇になると、母親はちいさく舌打ちして窓を閉めたが、不意に、その窓ガラスに額を強く押し当てて、すすり泣きをはじめた。

あの夜の子供らの〈螢の光〉と、母親の額が窓ガラスに立てたごつっという鈍い音は、まだ私の耳のなかにある。

今年の春は、窓の開く夜行列車を乗り継いで帰ろうか？　次女と一緒に、仔猫のような顔をして窓から春の匂いを嗅《か》ぎながら……。

おおるり

一

金魚鉢のなかの金魚を見ると、つい、金魚が生きているのに彌太さんは死んだ、と思ってしまう。

裏の軒下で飼鳥が囀《さえず》っているのを聞くと、つい、小鳥たちでさえもああして生きているのに彌太さんはもうこの世にはいないのだ、そう思ってしまう。

命あるものは、いつかは死ぬにきまっている。それは仕方のないことだ。しかも、ちっぽけな生きものは勿論、人間だって誰もが天寿を全うできるとは限らない。この世はさまざまな災厄に満ちている。普通に暮らしていても、いつ、どんなことが身に降りかかってきて突然命を落すことになるかしれない。それなのに、こちらは火事場が職場ときている。燃えさかる火と、昼でもあたりを暗闇にしてしまう煙が相手の仕事である。身の危険ということをいえば、とても普通の人とは比較にならない――そんなことは百も承知でこの道を選んだつもりなのだが、いざ、身近な人に他愛もなく死なれてみると、死ぬことのこわさよりも命というもののあまりの脆《もろ》さに、ただ呆然とするばかりである。まるで胸の底が抜け落ちてしまったみたいで、軀のなかが冷え冷えとする。

彼は、丸首シャツと洗いざらしのジーンズだけで、消防屯所の溜まり場の上《あが》り框《かまち》にぼんやりあぐらをかいていた。小頭だった彌太さんの初七日を済ませた翌朝であった。煤《すす》けた梁《はり》がむき出しになっている天井に、東の高窓からまだ赤みの褪《あ》せない朝日がゆるい勾配で差し込んでいて、前の街道から朝市のざわめきがきこえていた。狭い裏庭が見える出窓の外では、母屋つづきの物置の軒下に竹の籠を並べて飼っている山の小鳥が囀っていた。やまがら。ひがら。しじゅうから。おおるり。さんこうちょう。べにましこ。どれも朝からの上天気に浮かれたように囀っている。

彼は、隣の宿直室から起きてきたきり、まだ顔も洗っていなかった。いちど土間のむこう隅の流しへいこうとしかけたのだが、ひんやりとしたゴム草履に足の裏が触れた途端に、なにをする気もなくなった。そのゴム草履は、死んだ彌太さんからの貰い物であった。もうすっかり忘れていたことなのに、どういうものかそのとき急に思い出した。彼は、下ろしかけた足を引っ込めて、そのまま上り框に坐り込んでしまった

――それで、夏から伸ばしはじめた頭が寝乱れたままで、つむじのあたりの毛が立っている。目にも欠伸《あくび》の涙が溜まったままで、目尻が泣いたあとのように粘っこい。

もう初七日を済ませたのだから、死んだひとと小まめに付き合うのもいい加減にして正気を取り戻さなくてはいけないのだが、思うようにいかない。なにかにつけて、つい思い出して、すると忽ち胸の底が抜け落ちたようになってしまう。

――朝市が立っているから、きょうは木曜日か。彼はぼんやりした頭で、そう思った。ここは昔の城下町で、そのころからの古い町筋には毎週きまった曜日に朝市が立つ。大工町が月曜日、堀端町が火曜日、鷹匠小路が水曜日で、この屯所のある鍛冶町には木曜日に立つ。彼は、この春、本署からここへ配属されてきたまだ独り者の消防士だが、消防の仕事には日曜も祭日もないから、曜日のことなどすぐわからなくなる。宿直明けと朝市が重なったときだけ、そうか、また木曜日がきたかと思い出す。

この屯所には、もうひとり、友田という先任の消防士がいて、彼はその友さんと交替で二十四時間勤務をしている。二十四時間勤務といえば随分厳しい勤めのようだが、火事さえなければ、別段これといってすることもない。本署から出火の知らせがあり次第、いつでも出動できるように、消防自動車のエンジンやその他の道具を整備しておくぐらいで、あとは屯所の溜まり場へ入れ代わり立ち代わり息抜きにやってくる町内の男衆の相手をしたり、碁や将棋を見物したり、小鳥の世話を手伝ったりしている。屯所の宿直は一と晩置きで、丸首シャツとジーンズのまま布団に入って、深夜放送を聴きながら眠る。なにごともなかった翌朝は、八時半に出勤してくる相棒に申し送りを済ませてしまうと、その日は非番ということになる。

彼は、生まれつき手先は器用な方だが、貧しく育ったせいかいくつになっても金の使い方が下手で、給料を貰っても碌《ろく》な遊びができない。それで、非番の日も大概屯所の溜まり場にいて、上り框のはずれの方でおとなしく町内の人たちの世間話に耳を傾けている。時には、だらだらとした冗談話に退屈することもあるが、辛抱して聞いている。この市の古い町筋では、それぞれの町内の男衆が二十五人一と組の消防団を作っていて、この屯所に毎日やってくる人たちも、固くいえば鍛冶町の消防団員たちということになるが、いざというときは一緒に火のなかを走る仲間なのだから、多少は辛抱してもみんなの気心を呑み込んでおきたい、そんな気持が彼にはある。

消防団員は、屯所で油を売っている分には構わないが、肝腎なときに家を留守にしているようだと困る。それで、団員になるのは時間に縛られない家業持ちのひとがほとんどで、鮨屋の主人もいれば靴屋もいる。和菓子作りの職人もいれば洋服の仕立て屋もいる。

彌太さんは小頭という役をしていたが、家業は長寿湯という風呂屋であった。それが、実に呆気《あっけ》ない死に方をした。消防が火事場で気絶したといえば、ひとはどんな大火事だったかと思うだろうが、実際は風のない日の昼火事で、しかも、そのとき焼けたのは一軒の家のなかのたった一と部屋にすぎなかった。どう見ても消防が死ぬような火事ではなかったのだが、それでも彌太さんは死んでしまった。

火事場には、鍛冶町の屯所がいちばん近くて、彼は彌太さんと一緒に煙を噴いている家へ飛び込んでいった。火元は二階で、彌太さんが先に階段を見つけて駈け上っていった。彼もすぐあとにつづいたが、火元の部屋のドアを開けて煙のなかへ入っていった彌太さんが、まだほとんどなにもしないうちに、突然、どさりと尻餅をついた。彼は、部屋の入口で、ひどい煙にたじろぎながらそれを見て、多分なにかに躓《つまず》いたのだと思った。それで、「気をつけて、彌太さん。」と声をかけた。

ところが、彌太さんは立ち上らない。立ち上らないどころか、酒でも詰まった四斗《しと》樽《だる》が倒れるように、ゆっくりと、あおのけざまに倒れてしまった。

彼はびっくりして、彌太さんを部屋の外へ引きずり出した。「しっかり。」といって背中を叩いたが、彌太さんは目を閉じてぐったりしている。これはいけないと思った。肥満体の上に気を失っている彌太さんを、火事場の馬鹿力で背中に背負い上げて、階段を降り、家の外へ出てから、潰れてしまった。

最初、火事場へ駈けつけたとき、これは小火《ぼや》で済むなと思ったが、その通りになった。火事はすぐに消えたが、彌太さんの意識は戻らなかった。救急車がきて、彌太さんは消火服のまま運ばれていった。

屯所の仲間たちの間では、卒中だろうという意見が強かった。けれども、病院でくわしく検査した結果、彌太さんは新建材の有毒ガスにやられたのだとわかった。彌太さんはそのまま眠りつづけて、三日目に死んだ。

二

背後で、柱時計のゼンマイがぶるんと身顫《みぶる》いするのがきこえた。振り向いてみなくても、いま八時五分前だと彼にはわかった。この古時計はゼンマイの腰が弱ってきたせいか、ちょっと巻くのを怠っていると、きまって時を打つ五分前ごとに、ほどけたゼンマイが催促でもするように音を立てて身顫いする。

友さんがくる前に巻いといてやろう。そう思って立ち上ろうとしたとき、街道に面した車庫の方から、なにかいう女の声がきこえたような気がした。屯所の戸締まりといっても、消防自動車を出し入れする正面の大扉を閉めておくぐらいのもので、脇のくぐり戸は年中開いているから、入ろうと思えば誰でも入ってこられるが、こんな朝っぱらから屯所へ女がくるのは珍しいことだ。それで、近所の火事でも知らせにきたのかと思ったが、それならそう叫んで奥まで駈け込んでくるはずである。彼は、片膝を立てたままじっとしていたが、それきり、声も足音もきこえなかった。

街道から、朝市の女の呼び声が紛れ込んできたのだ。彼はそう思って、柱時計の方へ立っていったが、爪先立ってゼンマイを巻こうとしていると、今度ははっきり屯所のなかだとわかる声で、「ごめんください。」というのがきこえた。振り返ってみると、土間のむこうの車庫との境のガラス戸がいつのまにか細目に開いていて、そこに黄色いカーディガンを着た小柄な女のひとが立っていた。彼は、「……はい。」と間の抜けた返事をして、時計の文字盤にゼンマイ巻きを差し込んだまま上り框の方へ出ていった。

女のひとは、土間へ入ってきて、朝もこんな早い時間に突然訪ねてきた詫びをいってから、

「実は、お願いがあって伺ったんですけど、ちょっとお邪魔させて頂いてよろしいでしょうか。」

と物柔らかな口調でいった。

彼はちょっと面食らったが、取り敢えず、「どうぞ。」といっておいて、宿直室から通勤着の黒いナイロンジャンパーを取ってきた。それを丸首シャツの上に着ながら、早く友さんがくればいいと思った。

女のひとは、手ぶらで、スキーズボンのような細身のスラックスに粗末なビニールのサンダルを履いていた。近所の家の勝手口から小走りにやってきたという恰好に見えたが、彼は、そのひとの色白で頬の引き締まった小綺麗な顔には、見憶えがなかった。町内のひとでないとすると、朝市の女のひとりだろうか。

こんな客はどう扱ったものか彼にはわからなかったが、立ち話では済みそうもないので、一年中出しっ放しのストーブのそばの椅子をすすめた。女のひとは礼をいったが、すぐには腰を下ろさずに、

「やっぱり、こちらだったんですねえ。私の勘が当ってたんだわ。」

といって裏の出窓の方へ目をやった。

彼には、なんのことかわからなかった。出窓の外の狭苦しい裏庭には、梯子《はしご》のついた高さ十五メートルの鉄塔の根元の部分と軍鶏《しゃも》の小屋が見えるだけで、いつもとなんの変りもなかった。おかしな客だと思っていると、

「随分いろんな声がきこえますね。みんなこちらで飼ってらっしゃるんですか。」と女のひとはいった。それで、小鳥のことをいっているのだと初めてわかった。

「六種類ばかり……。」と彼は頷いていった。「やまがら。ひがら。しじゅうから。おおるり。さんこうちょう。それに、べにましこです。」

女のひとは、小鳥のことはあんまり知らないといった。

「じゃ、あれはなんという鳥かしら。」

「あれっていうと……。」

「ほら、いま高く啼《な》いたでしょう。あの鳥です、綺麗な声の。」

裏の物置の軒下からは六種類の声が入り乱れてきこえてくるが、綺麗な声で高く啼く鳥ということになれば、

「おおるりのことかな。」

「おおるりですか。名前はわからなくても、声だけはよく知ってるんです。毎朝、耳を澄まして聴いてますから。……ほら、また啼いてます。」

女の人はそういって、ぴっ、ぴっ、ぎち、ぎち、と啼き声を真似て見せるので、

「やっぱり、おおるりだね。」

と彼はいった。すると、おおるりも野鳥の一種だろうかと女のひとはいった。

「そうですね。山にいる鳥ですから。」

「道理で、珍しい鳥だと思ってました。でも、それが毎朝いい声で啼くもんですから、初めのうちは不思議でしてね。一体どんな鳥なのかと思って窓から探したりしたんですけど、一向に姿が見えません。そのうちに、そのいい声がいつもおなじ方向からきこえてくることに気がついて、これはどこかに飼われてるんだとわかったんです。」

それ以来、暇を見つけては啼き声を頼りに、あちこち探し歩いていたが、今朝、朝市へ買物にきて、ついでに寄った商店の主人に何気なく小鳥のことを話してみると、簡単にわかった。嬉しくなって、買物袋をそこへ預けて、駈けてきた。

女のひとは笑いながらそんなことを話したが、彼は聞いているうちに、ふと、そのひとの執念深さに不安をおぼえた。このあたりには、まだ小鳥を金魚とおなじように平気で飼育する習慣が残っていて、屯所の小鳥も、溜まり場の常連たちが共同で飼っているのだが、厳しいことをいえば、いまは野鳥をみだりに捕ったり飼ったりしてはいけないことになっている。いつか溜まり場の雑談にも、近頃都会の方では野鳥を愛護する会の活動がめざましくて、会員たちは、野鳥の声を頼りに飼主を突き止めては片っ端から摘発しているそうだと、そんな話が出たことがある。それを思い出して、彼はなにか薄気味悪くなったのだ。

けれども、話の先を聞いてみると、そのひとはそんな会の会員ではなくて、屯所の裏手に聳《そび》え立っている市民病院の付添婦だということがわかった。はじめはただ市民病院にいるというから、あまり冴えない顔色から推して入院患者が脱け出してきたのかと思ったが、

「いいえ。」とそのひとは笑って、「こう見えても私は病人の世話をする方です。付添いです。」

それで、まだ三十前なのに髪を無造作にうしろへ束ねて、薄化粧もしていない訳がわかった。

五階建ての病院の、三階から上が入院患者の病室だが、毎朝、どこか窓の下の方から澄んだ小鳥の啼き声がきこえてくる。入院患者たちはそれをなによりの楽しみにしていて、朝の小鳥がよく啼いてくれると一日気分がいいといっている。ただ、欲をいえば、その啼き声をもうすこし近いところで、しみじみと聴きたい。もっと高く啼かせて貰えないだろうかと、寝たきりの病人たちはそういっている。それで、その付添婦の人はみんなの願いを叶えてやりたくて、朝の小鳥の飼主を執念深く探し歩いていたのである。

そんな話を聞いて、彼はちょっと悪くない気がした。そんなことなら、籠ごと貸し

てやってもいいと思ったが、生憎《あいにく》、病院で生きものを飼ってはいけないことになっているという。それでは餌に仕掛けをするほかはない。餌に仕掛けをして、鳥籠をできるだけ高いところに置くことだ。

　このあたりでは、小鳥は大概、干した鮒《ふな》の粉末と、玄米の粉と黄な粉を混ぜ合わせたのに、はこべを入れた擂《す》り餌《え》で飼うが、これに茹で卵の黄身か蜂蜜をすこし加えると、声にめっきり艶が出てくる。餌にそんな仕掛けをしておいて、鳥籠は、裏の鉄塔の上に揚げることにすればいい。毎朝、鳥籠を持って垂直な梯子を昇り降りするのでは大変だが、上に滑車をつければなんでもない。濡れたホースを乾かすための鉄塔だから、てっぺんにまるく手すりのようなものがついている。そこに滑車を取り付ければいい。但《ただ》し、雨降りと風吹きの朝は勘弁して貰いたい。もずがしきりに鳴く朝も大事をとらせて貰いたい。……

　彼は、自分がいつになくお喋りになっているのに気がついた。

「ついでに、おおるりの姿を見ていったらどうです。」

　などといって、付添婦のひとを物置の軒下へ連れていったりした。付添婦のひとは、雀とおなじぐらいのおおるりを、想像していたより遥かにちいさいといって驚いていた。こんなちいさな軀から、よくもあんなに高くて綺麗な声が出るものですね、そういってから、深い瑠璃色の羽毛に見惚れて、動かなくなった。

「どうです、ちょっと飼ってみたくなるでしょう。」

彼がそういうと、付添婦のひとはなにもいわずに、こっくりした。

「こっそり飼う気があるなら、俺が山から捕ってきてあげてもいい。」

付添婦のひとは、びっくりしたように彼の顔を仰いだが、彼が拳で目脂《めやに》をぬぐいながら、

「但し、来年の春ですよ。」

というと、そのひとの頬が急に弛《ゆる》んで、五つ六つも老けた顔になった。そのままぼんやりしているので、

「なに、一と冬の辛抱ですよ。」

と彼はいった。すると、そのひとも、

「ほんと。一と冬の辛抱ね。」

といって、顔を力ませるようにして、やっと笑った。

三

彼は、その日のうちに裏の鉄塔へ滑車を仕掛けて、翌朝からおおるりの鳥籠を塔のてっぺんまで揚げる約束を実行した。なにかにつけて彌太さんのことばかり思い出したりすることもなくなった。

何日目かの宿直明けに、試しに自分も梯子を昇っていって、塔の上から市民病院を眺めてみた。すると、まだ眠っている病院の、重症患者の病室ばかりだと話に聞いている五階の窓に、ぽつんと一つ、白い人影が見えた。けれども、それがあの付添婦のひとなのかどうかはわからなかった。第一、男か女かわからなかった。半身を包んでいる白いものも、それが割烹着《かっぽうぎ》なのか白衣なのか、それとも病人の寝巻なのかわからなかった。彼は、ちょっと手を振ってみたくなる自分を抑えて、そのまま梯子を降りてきた。

一と月ほど経った。

ある朝、彼が屯所へ出勤していくと、宿直明けの友さんが黙って彼の胸元へ菓子折りを突き出した。友さんの奢《おご》りにしては豪勢すぎる菓子折りだから、

「……どうしたんです。」

と訊くと、

「きのう、おおるりの奥さんがきてね。これを君にといって置いてった。」

と友さんがいった。

「おおるりの奥さんだって。付添婦のひとね。」

彼が笑って訂正すると、

「奥さんだよ、入院していた主人が亡くなったといってたから。」と友さんはいった。「旦那さんはまだ三十過ぎたばかりで、癌にやられたんだって、気の毒に。冬まで持てばといわれてたそうだが、やっぱりいけなかったって。君におおるりの礼をいってたよ。毎朝とてもよくきこえたそうだ。」

彼は、黙って裏庭へ出た。おおるりは相変らず空に谺《こだま》を呼ぶような声で啼いていた。

彼はその声に誘われて、思わず物置の軒下へ歩きかけたが、途中で、そうか、もう籠を鉄塔へ上げることもないわけだと気がついて、引き返した。日課が一つ減ったと思えばいい。彼は自分にそういい聞かせた。

溜まり場へ戻ると、友さんがお茶を淹れる支度をしていた。

「せっかくだから、頂けよ。」

と友さんはいった。けれども、彼は菓子を見る気にもなれなかった。

「俺、甘いものは、どうもね。友さん、勝手にどうぞ。俺は白湯《さゆ》があればいいから。」

「へっ、いっぱしの酒飲みみたいなこといってるよ。」

友さんは、そっぽを向いて笑いながら、菓子折りを自分の方へ引き寄せた。

彼は、自分で湯呑みに白湯を注ぐと、おおるりがあんなに啼いているのに――という呟きを喉の奥へ押し戻すようにしながら、すこしずつ飲んだ。

石段

その石段の途中に、彼はひとりで、長いこと腰を下ろしていたことがある。もう十年も前の夏のことだ。

ひどく暑かった日の暮れ方で、その神社の杉木立のなかの石段にもまだ昼のほとぼりが残っていた。彼はそこに、浴衣でじかに腰を下ろして、膝の上に組んだ腕をのせていた。彼の足許から二、三段下には、もぐらの死骸が一つ転がっていて、そこに前の鳥居をくぐり抜けてきた西日の先が当っていた。

けれども、そのもぐらを殺したのは、彼ではなかった。また、彼はその死んでいるもぐらを眺めるためにそこに腰を下ろしているのでもなかった。彼はただ、日蔭の坐り場所を探してそこへきただけであった。

腰を下ろして、ふと足許の方へ目を落すと、そこに湿った土くれのようなものが転がっている。しばらくしてから、この暑さで物がみな干上っているというのに、その土くれだけが湿っているのはおかしいと気がついた。首を伸ばして覗き込んでみると、まわりで蟻が動いている。それで鼠の死骸かと思った。鼠ではなくて、もぐらであった。

彼は厭なものを見たと思った。あやうく自分の子供に大怪我をさせそうになったすぐあとに、こんな生きものの死骸を見るなんて。

石段の下の鳥居の前を、アスファルトの道が通っている。その道を、ついさっき、自分が妻と四つになる女の子を連れて上機嫌で通ったことが、彼にはなにか嘘のような気がした。けれども、確かにさっきは三人で、笑いさざめきながらそこを通ったのだ。とすると、自分がいま、こんなところにひとりいて、浴衣が汗で貼りついている背中でしょんぼり蜩《ひぐらし》の声を聞いているのは、なにかの間違いではなかろうか。

一時間ほど前、彼は外出先で昼酒を飲んで神社裏のアパートへ帰ってきた。裸になってビールを飲むと、酒の酔いが戻ってきて、みんなで散歩がてらに風呂へいこうといい出した。アパートには風呂場がないから、街の銭湯まで歩かねばならない。けれども、そのころの彼はまだ歩くことが億劫ではなかった。それに、高窓から夕陽が差し込むころの銭湯が子供のころから好きでもあった。

大急ぎで支度をして、アパートを出ると、子供がすぐ、「あれして。」といった。あれというのは、手を繋いで歩いていて、時々両側から吊り上げて貰って束の間の宙ぶらりんを楽しむ遊びである。彼は、身重の妻を促して、子供に何度もあれをしてやった。

その日、外出先でなにがあったか、彼にはもう思い出せないが、いつになく気持が弾んでならなかった。歩いているうちに、子供よりも自分の方があれだけでは物足らなくなって、彼はひとりで子供の手を引いて駈け出した。駈けながら宙に吊り上げてやると、子供は大声でけたけたと笑う。いちど下ろして、一と息入れると、また駈け出す。それを繰り返しながら遠くまでいって、それからまたおなじ道をゆっくり歩いている妻の方へ引き返してくる。

彼は、田舎の高校ではバスケットボールの選手をしていた。小粒だが、駿足で、もっぱら速攻用に使われていた。いまはもう三十も半ばに近かったが、急に駈け出したり止まったりなら昔とった杵柄《きねづか》で、誰にも負けない自信があった。

彼は、子供の笑い声に煽《あお》られて、だんだんスピードを上げていた。そのうちに、酒を飲んでいることと、自分の齢を忘れてしまった。子供と遊んでいて、笑い声がうわずってきたら、その遊びはいい加減にしてやめないといけない。けれども、そのころの彼には、まだ遊びをやめる潮時というものがわからなかった。

不意に、遊びの途中で、吊り上げた子供の腕が肩から抜けやしないかという不安が彼の頭をかすめた。途端に、子供と脚が縺《もつ》れてしまった。あ、転ぶ、と思ったが、軀が勢いづいていて、どうすることもできない。彼は、子供と縺れ合ったまま、前のめりに倒れた。

一瞬、彼は、なにもわからなくなった。それから、自分の脇腹が、なにか柔らかなものをじわりと押し潰しそうになるのを感じた。彼は、仰向けになっている子供の上に、斜めにのしかかっている自分に気がついた。彼の脇腹が押し潰しそうになったのは、子供の腹で、子供は悲鳴も上げずにただ目をいっぱいに見開いていた。

彼はあわてて起き上ったが、倒れている子供を先に抱き上げたのは、駈け寄ってきた妻の方であった。妻は抱き上げた子供を激しく揺さぶりながら、踊りでも踊るようにおなじところをくるくると回った。それから、子供の名を呼びながら、平手で子供の尻をつづけざまに打った。

突然、子供が堰《せき》を切ったように泣き出した。その泣き声を聞いて、彼もようやく我に返った。

「大丈夫か。……足が縺れてしまった。」

二人のそばへ寄っていって、そういうと、妻は胸に子供をしっかりと抱いて目を閉じたまま、低いが力の籠《こも》った声で、

「なんてことを、あなたは……。」

といった。それから、初めて刺すような目で彼を見た。

「お医者へいってきます。そこらで待っててください。」

彼は、そういう妻の言葉に自分を激しく拒むものを感じて、立ちすくんだようになっていた。妻はほとんど小走りに脇道へそれて、生垣の蔭に見えなくなった。

彼は、妻が道に投げ出していった風呂敷包みの洗面道具を拾ったついでに、あたりに血痕がないのを確かめてほっとしたが、歩きはじめてから、いつか誰かに、怪我は血が出ない方がかえってこわいと聞いたのを思い出し、すると、自分の脇腹がじわりと押し潰しそうになった子供の軀の柔らかさも思い出されて、暗い気持になった。転んだ自分が、情けなかった。

ただ子供を喜ばせたいばかりにしたことなのに、どうしてこんなことになったのだろう。

彼は、神社の石段の途中に腰を下ろして、長いことじっとしていた。ただそうしてじっとしているだけでも、顔や首筋や脇腹を汗が流れた。彼は、風呂敷包みからタオ

ルを取り出して、時々それで汗を拭いていたが、乾いていたのが大分濡れてしまってから、それが子供のタオルだということに気がついた。

汗は、拭いても拭いてもすぐ噴き出して、妻と子供はなかなか戻ってこなかった。


そのときの子供が、今年の春から高校へ通うようになっている。怪我はさいわい、くるぶしの骨に罅《ひび》が入っただけで済んで、いまはもうなんともない。そのとき妻の腹にいた子も、女の子で、その子が生まれてまもなく、彼の一家は神社裏のアパートからバス道路を隔てたいまの家に移ってきた。その家で、また女が一人生まれて、子供は女の子ばかり三人になった。

上の子は、以前よくあれをしながら銭湯へ通った道を、いまは妹たちと一緒に書道の塾へ通っているが、その道で転んで彼の下敷きになったときのことはなにも憶えていないといっている。怪我をして、痛い思いをしたのだから、すこしは憶えていそうなものだが、あれのことはぼんやり憶えていても、転んだときのことは、どういうものか、けろりと忘れているらしい。

彼の方は、いまだに脇腹でよく憶えているが、そんなことは滅多に思い出さない。

神社の石段は、いまでも毎日のように犬を連れて昇り降りしているが、つい半月ほど前までは、そこに背中をまるくして坐っていた十年前の自分のことなど、いちども思い出したことがなかった。

犬というのは、満一歳のブルドッグの牡で、太い葉巻が似合いそうな顔付きをしているからシカゴのカポネと名付けている。満一歳といえば、まだ成犬ではないが、すでに体長七十センチ余りで、首太く、肩幅ひろく、がっしりしていて、胸のまわりが八十センチもある。前肢の太さなど、彼の腕とおなじくらいで、四つ肢を踏ん張っているところを正面から見ると、ちょうど仕切りをしている力士に似ている。

彼は、去年の夏以来、夕方このカポネを連れて散歩に出るのを日課の一つにしているが、彼の子供たちも三人揃って犬好きで、毎日、三人のうち誰か一人が彼の散歩についてくる。仔犬のときから可愛がって育てたから、いちどは綱を持たせて貰いたいのだ。

けれども、近頃のカポネの体力は、仔犬のころとは格段に違うのだから、子供に綱を預けるときは気をつけないといけない。とりわけ、前進する力は相当なもので、上の子ならまだ安心だが、六年生の中の子は、急に綱を引かれたりすると、たじたじとなる。二年生の下の子になると、もううしろで綱を引いていても踏ん張りが利かない。

運動会の綱引きの負けチームのように、一と足一と足、引きずられてしまう。

それでも、ブルドッグは見かけによらず賢くて、鷹揚だから、飼主の力に逆らうことなど滅多にない。それに、シェパードやコリーなどとは違って、短い肢で重い軀を揺さぶりながらののろのろ歩きだから、この十年の間にすっかり太ってしまって歩くことが大儀な彼や、非力な女の子たちには、ちょうどいい散歩の道連れになる。

道に人気がなくなると、彼は黙って子供に綱を渡してやる。すると、子供は忽《たちま》ち頬を紅潮させて、房のついた綱の端を右手でくるくる回しながら、

「あら、また道草？　困った子ねえ。ぐずぐずしてると日が暮れちゃうわよ。」

などと、犬を相手にいっぱしな口を利いたりする。

半月前の、あの日の夕方、彼はその日の順番に当っていた下の子と一緒に、カポネを連れて散歩に出た。いつものように、道端の柱という柱にいちいち小便をかけないでは気が済まないカポネに付き合いながら、神社の石段までくると、前肢と後肢を揃えて一段ずつ跳ねながら昇るカポネの恰好を、兎みたいだといって下の子は笑った。

上の境内には、人気がなかった。彼は子供に綱を渡して、ジャンパーのポケットから煙草を取り出した。子供は、御手洗《みたらし》のことを、いまは水道が故障してるけど、これは神社の噴水、とカポネに教えた。次には、神楽堂《かぐらどう》のことを、お祭のときに漫才なん

かやるの、と教えた。それから彼を振り向いて、

「神社の鈴、カポネに鳴らして見せていい？」

といった。彼は笑って、

「お賽銭あげないと、神主さんに叱られるよ。」

「じゃ、これだけ。」

指を一本立てるので、

「そっとだよ。」

「そっとね。」

子供は、カポネになにか話しかけながら石畳みの道を神殿までいくと、爪先立って、軒下の鈴から垂れている布の綱を、そっと、どころではなく、大きく振った。鈴は、そのわりには鈍い音しか立てなかったが、それでもカポネが不思議そうに鈴を見上げると、子供は満足したように彼を振り返った。

彼は、くわえ煙草で、ぶらぶらと石段の方へ戻った。つい、そのままゆっくり途中まで降りて、子供とカポネが遅いことに気がついた。彼は立ち止まって振り返ったが、そこからはもう神殿の屋根しか見えない。

また道草だ、と彼は思った。カポネは、頭が重たいせいか、石段を昇るよりも降り

る方を苦手にしていて、そろそろ引き揚げそうな気配を感じると、わざと愚図って見せることがある。

「おうい、どうした。」

彼は、上の境内にそう声をかけておいて、また石段を昇りかけた。すると、そのとき、ゴム底の靴で境内の地べたを一目散に駈けてくる足音がして、突然、石段の上にカポネがあらわれ、全く無茶なとしかいいようのない勢いで、石段を、降りるというよりは滑り落ちてきた。

けれども、境内を駈けてきたのは、カポネばかりではなかった。カポネのすぐあとから、綱の端を忠実に両手で握った子供が、ほとんど宙を飛ぶように引っ張られてきて、実際、石段の降り口から、ふわりと宙に浮かんだ。

彼には、子供の足が空を蹴るのが、はっきりと見えた。けれども、なにもしてやれなかった。身動きさえもできなかった。綱を放さなければ、と思ったが、それも声にはならなかった。宙に浮かんだ子供の軀は、まっすぐに伸びて、石段の上一メートルほどのところを、まるでダイビングでもするように頭を先にして飛び過ぎていった。

彼は、よろけて石段に尻餅をついた。

カポネがまるい毛皮の塊になって、石段の下からさらに鳥居の方へ石畳みを転げていくのが見えた。つづいて、子供の軀が伸びたり縮んだりしながら石段を転げていって、いちばん下の段に、ちょこんと腰を下ろして止まるのが見えた。

彼は石段を駈け降りていった。子供は、前からずっとそこに腰を下ろしていて待ちくたびれたひとのように、恨めしそうな目で彼を見上げた。彼は、子供の顔がどこも潰れていないのを見て、ほっとした。

「どこから落ちた？　どこを打った？」

彼は急《せ》き込んでそう尋ねたが、子供はべそを掻きそうになるのを怺《こら》えるのが精いっぱいで、なにもいわずにうしろの石段を振り返った。

やがて子供は、歪んだ口でそういった。

「……わかんない。」

「痛いとこは？　どこが痛い？」

「ここが……。」

と子供は、左の膝を指で突っついて見せたが、そこはただ土埃で白っぽく汚れているだけであった。彼はしゃがんで、子供の足首を握って、その膝をゆっくり曲げたり伸ばしたりしてみた。けれども、子供の顔には、ちらとも苦痛の色があらわれなかった。

「立って、歩いてごらん。」

子供は、最初の一、二歩、軽く跛を引いたが、あとは普通に歩いていって、もうけろりとして鳥居の脇の銀杏《いちょう》の根元を嗅いでいるカポネに、おいで、と声をかけた。彼は急いで立ち上っていって、子供より先に、地べたに長く引きずっている綱を拾い上げた。

「歩いても痛まないか？」

と彼は訊いた。いま痛くなかった、と子供はいった。ほかに痛いところはないかと訊くと、どこにも痛いところはないといった。あんなに激しく転げ落ちたのに、かすり傷一つないというのはむしろおかしいという気がしたが、念のために両手で軀を撫で回したり、押したり曲げたりして調べてみても、どこにも異状がないようだった。

彼は、子供を見下ろして、まるで猫みたいだと思い、ちょっと呆れたような気持で吐息をした。すると、子供は顔を曇らせて、

「家へ帰るの？」

といった。

「おまえ次第だ。」

「私はお散歩のつづきがいい。」

と子供はいった。

彼は歩き出しながら、さっきカポネがあんなに勢いよく駈けてきたのは、きっと自分の姿が境内から急に見えなくなったからだと思った。けれども、彼の方でも、日頃鈍重なカポネが突然あんなに狂奔するとは、全く予想もしなかったのだ。

彼は、ふと石段の方を振り返ってみた。その石段の途中に、誰かがしょんぼりと腰を下ろしているような気がしたからである。けれども、そこには誰もいなかった。危いところだったな、と彼は思った。

二人は、黙っていつものコースを歩いていった。カポネも、なにごともなかったように、相変らず道端の柱という柱にちびりちびりと小便をかけながら歩いていた。時には、どういうつもりか、上げた片肢を下ろさずに、そのままバレリーナのように水平にうしろへすっと伸ばして見せて、上目でちらと二人の顔を見上げたりした。

睡蓮

一

あ、お寺の花――お寺の花が落ちている、あんなところに。

道端のちいさな沼のなかほどに、薄桃色の大ぶりな花が一輪、ぽっかりと浮かんでいるのを見つけたとき、悟はすぐにそう思って、不思議な気がした。

お寺の花がどうしてあんなところにあるのだろう。ここは田舎の山中で、あたりにはお寺の屋根も墓地も見当らないのに。

「ねえ、ママ……どうして？」

と、悟はその花から目を離さずに、隣にいる母親の膝を軽く揺さぶった。

「どうしてって、なにが？」

「お寺の花だよ。どうしてあんなとこにおっこってるの？」

「……お寺の花って？」

指さして見せると、ジープを運転していた土地開発会社の若い社員が気を利かせてスピードを落した。

「ほら、あそこ。」

「あら、綺麗。」と、母親は薄い色のサングラスを外して、沼の花を見直した。「あれは、蓮かしら。ねえ、須賀さん、違う？」

「睡蓮でしょうね、多分。」

と、若い社員がジープを停めていった。蟬の声が高くなった。

「私、植物のことはあまりくわしくないんだけど、蓮と睡蓮とは、違うもんなの？」

「違うんですよ、よく似てますけど。根っこが、いわゆる蓮根になるのが蓮ですね。」

「あら、よく根っこまで見えること。」

母親は、言葉ほどには驚いたふうもなくそういった。沼は一面の青みどろで、誰にだってとても底までは見えやしない。童顔の社員は、困ったように笑った。

「いや……僕にも見えるわけじゃないんですがね。違いをいうと、そういうことになります。」

「でも、根っこじゃわからないわ。もっと一と目でわかる違いはないの？　たとえば、葉とか花とか。」

「花も、よく見ると、違いますよ。蓮の花は大概白くて、ふっくらとした感じです。睡蓮の方は、蓮に比べると花が小ぶりで、かっちりとして、白ばかりではなくさまざまな色のが咲くんです。」

「おくわしいのね。勉強したわ。」

母親は、ちらと口元を歪めて笑うと、悟の背に腕を回して肩を抱いた。

「ママにもね、時々わからないことがあるのよ。あのお花、蓮だと思ったら、睡蓮ですって。」

「……だから、お寺の花でしょう?」

と悟はいった。

母親は、かけ直したサングラスの奥で、瞬きをした。

「さっきもそういったわね。お寺の花って、どうして?」

「だって、お寺にあったじゃない、あの花。」

その寺というのは、おととしの冬、喘息《ぜんそく》で死んだ二つ年上の兄を葬った寺のことで、悟は、寺といえばそこしか知らない。

「あすこに、池、あったかしら。」

「池? 知らない。」

「知らないって……じゃ、あのお花はどこにあったの？」

「お家のなかだよ。」

「お寺の？」

「そう……。」

二人は、ちょっと口を噤《つぐ》んで、最初に見たときよりも花弁が幾分ひらいたかに見える沼の睡蓮に目を向けていた。須賀と呼ばれた運転席の若い男は、都会から別荘へやってくる気紛れな客たちの送迎には馴れていると見えて、煙草に火を点けておとなしく母子の無駄口が済むのを待っている。

「……だけど、変ねえ。あのときは冬だったんだから。」

やがて、母親はそういうと、

「ねえ、須賀さん、睡蓮って冬にも咲く？」

「咲きませんねえ、普通は。咲くのは夏から秋にかけてです。」

ほら、と母親は、抱いていた悟の肩を揺さぶった。

「あのお花は、冬には咲かないんだって。」

「でも、お寺には咲いてたもん。」

「お寺の、どこによ。」

「どこって……なんだか暗いところに。」

悟には、それ以上くわしくは答えられなかった。つい、おとしのことなのに、あの寺では母親に釣られて泣いてばかりいたせいか、もう記憶がいつか見た夢のように淡くなっている。抹香の煙で薄く濁った暗がりに、あの花が、仄白《ほのじろ》く浮かんでいるのを確かに見たような気がするのだが、あれは寺の、どこだったのか。

「お寺というのは、変よ、やっぱり。きっと、どこか他所《よそ》で見たのよ。」

と母親はいったが、そんならどうして沼の睡蓮を一と目見るなり、あ、お寺の花、と思ったのだろう。

「……じゃ、火葬場かな？」

悟が首をかしげてそういうと、須賀がびっくりしたように振り向いた。

「厭ぁねえ、お寺だの火葬場だの……。」

母親は、須賀に眉を顰《ひそ》めて笑って見せた。すると、

「造花のことじゃないんですか、お寺の花というのは。」

と須賀がいった。母親は黙って悟の顔を見た。

「睡蓮じゃなくて、蓮の造花でしょう。蓮の造花ならお寺にありそうじゃないですか。」

彼はつづけてそういったが、母親がまだ黙っているので、直接、悟に、

「ねえ、坊や、造花のことだよね。」

といった。すると、母親が急に悟の顔を覗き込むようにして、

「造花なんて難しい言葉は、まだわかんないよねえ。」

と小声でいった。

そうか、ごめんね、と須賀は笑って、

「坊やの見たお寺の花ってね、本当に咲いてた花じゃなくて、紙やビニールで拵《こしら》えた花じゃなかったのかな？」

けれども、悟はその花に手で触ってみたわけではない。

「……わかんない。」

「それはね、多分、紙やビニールで拵えた花だったんだよ。ところが、あすこに咲いてる睡蓮の花は違うの。あれはね、本物の花。生きてる花だよ。坊やはさっき、花がおっこってるといったけど、そうじゃないんだ。あの花は自分であすこに咲いてるんだよ。」

悟は、不思議な気持で沼の花を眺めた。

「水の上にも、お花が咲くの？」

「咲くんだよ。水の底の泥のなかに根っこがあってね、そこから茎が、まっすぐ上にするするっと伸びて、水面に顔を出してから咲くんだよ。睡蓮ってね、そんな花なの。」

「さあ、道草は、このくらいにしましょ。」

と、母親は須賀の話の腰を折るようにいって、悟の肩を軽く揺さぶった。

「おもしろいでしょう、田舎って。東京じゃ滅多にお目にかかれないものが、まだたくさんあるんだから。いろいろ憶えて帰って、お祖母《ばあ》ちゃまや幼稚園のお友達をびっくりさせてあげなくっちゃね。」

「今度は、長く御滞在ですか。」

と、須賀が車をゆっくり出しながらいった。

「ええ。この子の夏休みが終るまで。」

「じゃ、ごゆっくりですね。テレビでもお持ちしましょうか。」

「いいえ、結構よ。やっとテレビから引き剝《は》がすようにして連れてきたんだから。それに、私もすこし仕事を持ってきたし、せいぜい自然と親しみながら静かに暮らすわ。」

　母親はそういうと、右手の中指でちょっと眼鏡を押し上げた。

二

悟が母親と二人で一と夏を過ごすことになった山荘は、その睡蓮の沼からさほど遠くないカラマツ林のなかにあった。丸木造りで、とんがり屋根の、外見はいかにも山荘と呼ぶにふさわしい家だったが、なかは間取りも造作も都会のこぢんまりした住宅並みで、悟は時々、自分はまだ東京にいて、幼稚園の友達の家へ遊びにきているのだという錯覚に陥ることがあった。

「自分のお家だと思って、のびのびしてていいのよ。」

母親は、悟がなんとなく居心地が悪そうにしているのを見ると、よくそういったが、悟は、この山荘は母親が、一家で外国住まいをすることになった大学時代の友達から留守中の管理を兼ねて借りたものだということを知っていた。

「どうせ何年かすればまた帰ってくるんだから、手放す気はないの。でも、空家にしておけば家が傷むばかりだし、土地開発会社の管理事務所に預けっ放しというのも気になるから、できたら誰か気心の知れたひとに貸していきたいっていうのよ。ねえ、思い切って借りましょうよ。別荘だと思えば贅沢かもしれないけど、悟のための保養所だと思えば、廉《やす》いもんじゃない。高原だから、夏は涼しいし、空気は澄んでるし、悟みたいな体質にはどんなにためになるかしれないわ。このままじゃ、悟が誠の二の舞いになりそうで、気が気じゃないのよ。私、悟に時々綺麗な空気を吸わせてやれるだけでも、充分借りる価値があると思うの。それに、あなただって、車でたった三時間なんだから、週末には小鳥の声を聞きながらのんびり骨休めができるでしょう？　私も、仕事をすこし溜めてはむこうへ持ってってするようにすれば、こっちも楽だし、お祖母ちゃまにも気を揉ませないで済むんだし。うちにとっては、またとないチャンスだと思うんだけど、どう？」

母親がそういって父親を説き伏せたときも、悟はその場に居合わせた。母親の仕事というのは、例外なく目尻が吊り上って睫毛《まつげ》が針のように尖っている魔女みたいな女たちが、めいめい身に着けている突飛な衣裳を見せびらかすように、股をひらいて仁王立ちになったり、両手を腰に当てて肩を聳《そび》やかしたり、猫背になって顎《あご》を突き出したりしている写真がどっさり載っている外国の雑誌から、横文字を拾っては辞書を引き引き日本語に直す仕事だが、そんな仕事にかまけて家事がおろそかになりがちな母親に、祖母がかねがね不満を抱いていることにも、悟はうすうす気がついていた。

案の定、思い通りに山荘が借りられてこの春先から住めることになると、母親は、祖母との雲行きが怪しくなるたびに、仕事を持ってひとりでさっさとここへくるようになった。悟の方はといえば、四月と五月と、週末に父親の車で二度きただけで、二度とも、

「どう？　空気が美味しいでしょう？」

と母親にいわれたが、息を大きく吸い込むと喉の奥がひんやりするだけで、正直、美味しいのか美味しくないのかわからなくて悟は困った。

たった一泊しただけでは、山の空気の美味しさはわからないのだろう。夏には美味しくなるかもしれない。悟はそう思っていたが、その夏がきてみると、もう母親も悟自身も空気のことなどすっかり忘れてしまっていた。

山荘で暮らしはじめた当座、悟は、日にいちど母親と一緒に短い散歩と二時間近くの昼寝をするほかは、ひとりでなにをするともなく、ぼんやりと過ごした。母親は、朝食後の散歩から戻ると、

「なんでも好きなことをしてていいわよ。」

といって、自分は和室の卓袱台《ちゃぶだい》に魔女百態の雑誌やノートをひろげる。

好きなことをといわれても、山荘にはテレビも玩具も三輪車もない。それに、相手になってくれる友達もいない。悟は、なにをすればいいのかわからなくて、ベランダ

のデッキチェアの上で膝小僧を抱いてぼんやりあたりを眺めたり、棒きれで熊笹の葉っぱを叩きながら、林のへりの朽木の門から山荘の戸口へ通じている細道を何度も行きつ戻りつしたりしていたが、そのうちに、二つ、おかしなものが好きになった。

土と、それから、雨が好きになった。

悟は、東京では毎日近所の子供たちと列を作って幼稚園へ通っているが、家から幼稚園までは歩いて二十分ほどかかる。園児の足で二十分だから、そう大した道程ではないが、その間の通園路はすべてアスファルト道路か四角なコンクリートを敷き詰めた歩道ばかりで、土の地面が露出しているところは一個所もない。幼稚園の庭も、砂場だけを残してコンクリートに隙間なく覆われているし、家に帰っても、かつては土の庭だったところがいまは父親の車のガレージになっている。つまり、悟は普段、土とはほとんど無縁の暮らしをしているのである。

ところが、この別荘地は、東京とは逆で、コンクリートといえばわずかに家の土台と電柱ぐらい、あとは土と樹木と草ばかりである。ズック靴で地面を歩くと、ゴム底を通して足の裏に新鮮な土の感触が伝わってくる。とりわけ、カラマツの落葉が降り積もった熊笹のなかの細道は、まるで厚い絨緞《じゅうたん》の上を裸足で歩いているようで、何度行きつ戻りつしても飽きることがなかった。

雨は、べつに珍しくもなくて、これまではむしろ嫌いな方だったが、山荘で雨の音を聞くようになってから、急に好きになった。東京の雨は、いつとはなしに降りはじめて、また、いつとはなしに上ってしまうが、ここの雨はそうではない。まず、最初の雨粒が、ぽつんと熊笹の葉っぱに音を立てる。また一つ。それから、あちらでまた一つ。その、ぽつん、ぽつん、と葉を打つ音が、あるときはゆっくりと、あるときは忽《たちま》ち増えて、重なり合い、さあっと泡立つような音があたり一面にひろがって、葉という葉が小刻みに揺れながら光りはじめる。スレート葺《ぶ》きの屋根が鳴り、雨樋《あまどい》が不思議な音を立てはじめる……。

悟は、雨降りがこんなにさまざまな音に満ちたものだとは知らなかった。雨が降り出すと、玄関の軒下にしゃがんで聞き惚れるようになった。

雨は、上ったあとにも楽しみを残した。泥んこ遊びの楽しみである。雨上りに林の外へ出てみると、ぬかるんだ道のあちらこちらに水溜まりができて、雲間にひろがりはじめた青空を映している。土に縁のない暮らしをしている悟には、ぬかるみというのもまた珍しかった。ゴム長でぬかるみを滑るように歩く。そのまま水溜まりへ入っていって、足許にひろがる波紋を眺める。棒きれで溝を作って溜まり水を引く。しまいには両手で泥を摑んで、ダムやお城を作ることをおぼえた。

兄ちゃんが生きてたらな——悟は、泥んこ遊びをしながら何度かそう思った。もう兄のことは滅多に思い出さなくなっていたのに。この楽しさを兄に知らせてやりたいが、兄はもうどこにもいない。悟は、初めて兄を亡くした淋しさに胸を締めつけられて、ひとりで思わずべそをかいたりした。

三

夏休みも残りすくなくなった週末に、父親が車でひょっこりやってきた。山荘の二人はちょうど昼寝から醒めたところだった。

「麓《ふもと》の管理事務所に寄ったら、須賀君がいてね。……聞いたよ。」

父親は、シャワーで汗を流してくると、浴衣の帯を締めながらいった。

「なにを？」

と母親が訊いた。

「悟が睡蓮の花を見て、変なことをいったそうじゃないか。」

悟は、父親が届けてくれた祖母からの贈物の童話の本をさっそくベランダの手すりの上にひろげていたが、ちらと目を上げて父親が笑っているのを見てとると、すぐまた本に目を戻した。

「ああ、あのこと……。お喋りねえ、須賀さんって。」

「まだ幼稚園の子供の口から、火葬場なんて言葉が飛び出したから、彼はびっくりしたらしい。別荘の子供に驚かされたのは、これで二度目だっていうんだ。最初はね、甲虫《かぶとむし》を捕まえたから別荘の子にやろうとしたら、その子が、おいくら、というから、びっくりしたって。」

「だって、東京じゃ甲虫もデパートの商品ですもの。」

「だから、玩具と間違えて、死んだ甲虫を修理に出そうっていう子も出てくるわけだ。」

母親は笑った。

「でも、厭だわ、そんな子と一緒にされるなんて。こっちはただ、あんまり綺麗な花だから造花と間違えただけなんだから。ねえ、悟。」

「だって、知らなかったんだもん。」

と、悟は本から目を離さずにいったが、すると忘れていたあの薄桃色の睡蓮の花が、本の上にくっきりと浮かんで見えた。

父親は、一と晩泊っただけで、翌朝、午後から会合があるといって慌しく東京へ引き返していった。悟は、門の前まで見送りに出たついでに、そのままいつもの散歩に出かけるものだとばかり思っていたが、父親の車が見えなくなると、そのままいつもの散歩に

「ママね、なんだかくたびれちゃった。今朝の散歩はお休みにしない？」

母親が肩を落してそういった。

「いいけど……僕ひとりでいっちゃ駄目？」

「いいわよ、いつものコースを外れなければ。」

「……ママは？」

「もう一と眠りするわ。帰ってきたら、ベランダの方から声をかけてね。」

悟は、母親と別れて道を歩き出したが、途中で、ふと、あの睡蓮の沼までいってみようか、と思った。自分ひとりで、くたびれ易い母親と一緒のコースをただ一と巡りしてくるだけではつまらない。沼までの道順は大体見当がついている。距離も、むしろ沼まで往復する方が近いかもしれない。やはり沼へいって、あの花がまだ咲いているかどうかを見てこよう。

悟は、いつものコースを逸れると、あの日の記憶を逆に辿りながら、夜露で轍《わだち》の底が濡れている道を歩いていった。すると、案の定、思っていたよりずっと近いところにあの沼があった。

沼の水面は相変らず青みどろに覆われていたが、あの薄桃色の花はもう見えなくて、代わりに右手の岸の砂地から手を伸ばせば届きそうなところに、明るいオレンジ色の花が一つ咲きかけていた。

悟は、そのオレンジ色の花を見た途端に、最初からただ沼を眺めるだけにするつもりでここまできたことを忘れてしまった。もしかしたら、あの花を土産にできるかもしれない。そう思いながら、道端からゆるやかな草の斜面を右手の岸の方へ降りていってみると、砂地だと思ったところは湿った地面で、それが花のすぐそばまでつづいていた。

悟は、その湿った地面をそろそろと水辺の方へ出ていったが、花まであと二メートルほどのところで立ち止まった。踏み出したズック靴の周囲から、不意に柔かそうな泥が盛り上ってきたからである。あ、泥んこ、と悟は思った。こんなところに泥んこがあるとは知らなかった。ここへくれば、雨上りでなくても泥んこ遊びができるわけだ。

悟は、嬉しくなって、いっそ裸足になろうと思った。ところが、踏み出した足を引き寄せようとすると、もう一方の足が忽ち足首まで泥に呑まれてしまった。急いでその足を引き抜こうとすると、今度は前の足が脛《すね》まで泥に埋もれてしまった。悟は、いっとき、どちらかの足を引き抜こうとして軀を何度も左右に傾けたが、泥はおそろしいほどの力で足首を握って放さない。気がつくと、もう両脚とも膝から下が泥のなかに沈んでいた。

悟は、途方に暮れたが、泥を憎む気持にはなれなかった。彼はただあたりを見回して、

「困るなあ。」

と呟いただけであった。

やがて、膝小僧も泥に隠れてしまった。一体どこまで沈むのだろう。

間近で見る睡蓮の花は、どの花弁もまるで鋏《はさみ》で切り揃えたように輪郭がくっきりとして、やはり、とても生きている花だとは思えなかった。

星夜

一

馬の目に、暮れ残った空の色が映っていた。谷間はもはや薄暗くて、厩《うまや》の軒下に馬の鼻息が白く見えた。

いつものように、嵐で折れた柿の木の切株を踏台にして、馬の背中によじ登ると、途端にちいさな嚔《くしゃみ》が一つ出た。このところ、日が落ちると谷間はめっきり冷えて、家のなかにいてもなかなか囲炉裏のそばを離れられない。

まだ防寒服が要るほどではないが、どうせ帰りは夜になるのだから、首巻きぐらいけしていった方がいいだろうか。そう思ったが、せっかく乗ったのにまた降りて、家に戻って押入れのなかを掻き回したりするのも面倒だから、取り敢えず手鼻だけ擤《か》んでおいて、

「なるべく、そろっと、やってけれ。」

麦太は、ちゃっちゃっと馬へ舌を鳴らした。

道へ出ようとすると、中学生の姉《あんね》が背戸から走り出てきて、

「下の木橋のたもとだえ。ええな？」

変に甲走った声でそういうと、そのまま納屋へ駈け込んでいった。馬車の荷台に敷く寝藁でも取りにいったのだろうか。

谷の出口へくだる坂道は、白く乾いて、夕闇の底に轍までくっきりと浮かんで見えていた。なるべく静かに、できれば村人たちに気づかれぬようにと父親《おど》はいったが、それは無理な注文というもので、馬には蹄《ひづめ》があるし、蹄には蹄鉄《ていてつ》が打ちつけてある。とても人間のように忍び足でというわけにはいかない。

それでも、馬だけなら、道で誰かに会ったとしても、ちょっと麓の蹄鉄屋までといえば怪しまれることもなかろうというので、荷車とは切り離して別々に家を出てくることにしたのだが、ちょうど夕餉時《ゆうげどき》で道には人影がなかった。下《しも》の家々の燈火やテレビの青白い瞬きが、木の間隠れにちらほらするばかりで、どこかで夕闇に取り残された山羊が心細げに鳴いていた。

なにごともなく村を通り抜けて、約束の木橋のたもとで待っていると、やがて一と足遅れて家を出た荷車が、わずかに軋《きし》みながらゆっくり坂道をくだってきた。父親と

母親《がが》が前を牽き、姉が後を押していた。

荷車には、そんなふうにして三人掛かりで運ぶほど重たい荷物が積んであるわけではなかったのだが、二つの車輪がゴムタイヤではなくて、ただ鉄の輪を嵌《は》めてあるだけだから、うっかりすると、がたごとと、どえらい音を立てるのである。そんな音を立てたりしたら、せっかく頭を絞って馬と切り離した甲斐がなくなる。だから、三人は、引いたり押したりというよりも、三人掛かりでブレーキをかけて音を消しながら坂をくだってきたのだ。

実際、荷車の軋みよりも、荷台に寝ている爺様の鼾《いびき》の方が、ずっと高くきこえた。三人としては、ついでにこの鼾もなんとかしたいと思っただろうが、これぱかりは、もはやどうにもならない。もし誰か、家のなかで外に耳を澄ましているひとがいたら、そのひとはきっと、鼾をかきながら道を通るやつがいると思って魂消《たまげ》ただろう。

爺様は、煎餅布団のまま荷台の寝藁の上に移されて、相変らず遠慮のない鼾をあたりに響かせていた。頭からすっぽり毛布が掛けてあったが、鼾のためにはなんの役にも立っていない。そんな鼾を運ぶのが初めての馬は、不安げにたてがみを振りながら小刻みに足を踏み鳴らしていた。

「怯《おじょ》むなって。おら方《ほ》の爺様だでや。爺様ぁ埒《らち》がなくなって、あったら鼻音立てでるのせ。」

父親はそういって馬をなだめながら、手早く荷車を取りつけた。

町へは、両親と麦太の三人で降りることになっていた。無論、馬車を牽いてだから、本来なら爺様も入れて四人というところだが、爺様はこれでもうまる一昼夜以上も正体なしに眠りこけているのだから、いまはむしろ一個の厄介な荷物にすぎなかった。

なにしろ、この荷物は、手荒に扱うわけにはいかない上に、骨太のせいか七十の老体とは思えぬような重たさで、とても大人ひとりでは積み下ろしができない。それに、町へ運び出してからのなりゆきも全く見当がつかなかったから、母親のほかに麦太もついていくことになった。

麦太はまだ分校の五年生だが、なんといっても男の子だから、いざとなればひとりで空の馬車を牽いて谷間の家へ戻るくらいのことはできる。

父親が馬の手綱を取り、母親は荷台で爺様の鼾の聞き役を、麦太は懐中電燈《でんち》で前の道を照らす役を引き受けた。姉は姉で、そこから家へ引き返して、麦太の下にまだ四人もいる弟や妹たちの面倒を見ながら留守番をしなければならない。

「んだら……まんず。」

と別れしなに姉がいった。こんな一行は、どんな言葉で送り出せばいいのか姉にはわからなかったのだ。

「まんず……いってくるすけ。」

荷台の母親も口籠りながらそういった。

馬車は、荷台の軒を掻き消すように、がたびしと音を立てながら木橋を渡りはじめた。

二

きのう、爺様の様子がおかしいことに最初に気づいたのは麦太であった。

午後の三時ごろ、分校からの帰りにちょっと道草を食って、谷の方から家の裏手の急坂を登ってくると、石垣の裾の日溜まりに爺様が腰を下ろしていた。草の上に両足を投げ出し、気に入りの黒いコールテンの登山帽をあみだにして、そばに寝そべっている山羊と話し込んでいるかのように、石垣にもたれた軀をそっちへ大きく傾けている。麦太は、道から声をかけたが、山羊が首をもたげて一と声鳴いたきりで、爺様の方は気がつかない。

爺っちゃも、随分耳が遠くなった。そう思いながら、道から逸れて近寄ってみると、爺様は軽い鼾をかいてぐっすり寝込んでいるのであった。弛んだ唇のはずれから涎《よだれ》が糸を引いて垂れていて、それが西日を浴びてテグスのように光って見えた。ひろげた股の間には、時々自分で町まで降りて買ってくる週刊誌がひらいたままになっていて、そろそろ谷から吹き上げはじめた夕風に外国女の牛のような乳房の色付き写真がめくれていた。

山羊を連れ出して一緒に日なたぼっこをしているうちに、つい眠気を催したのだろうが、こんなところで鼾をかくほど深寝をしては風邪をひく。そう思って、声をかけて起こそうとしたが、爺様はいっこうに目を醒まさない。どんなに大きな声で呼んでも、投げ出した足の先で地団駄を踏んで見せても、爺様は目を開けようとしないばかりか、うるさそうに眉を寄せもしない。

麦太は、呆れて、舌うちした。この齢まで、風邪一つひいたことがないというのが、爺様の自慢の一つだが、試しにこのまま放っておいてみようか。けれども、つねづね両親から爺様のことは大事にしなければいけないといい聞かされている。年寄りは誰でも大事にしなければいけないが、とりわけ家の爺様にはいくらでも長生きして貰わなければならない。父親も母親も口癖のようにそういっている。

それで、仕方なく背を揺さぶってやると、たったそれだけのことで、初めから傾いていた爺様の軀がまるで頭の重みにでも負けたかのように、背中で石垣をこすりながらずるずると横倒しになってしまった。麦太は、びっくりして飛び退《の》いた。まさか爺様が、そんなふうに、操り人形みたいに脆く崩れるとは思わなかったからだが、それよりも、崩れた爺様が崩れたままの恰好で、なおも鼾をかきつづけていることに麦太はひどく驚かされたのだ。

これは、ただごとではない。そう思った。急に気味悪くなって、駈け出した。

家では、母親と姉が井戸端でタクワンに漬ける大根を洗っていたが、二人とも最初は本気にしなかった。そういえば、昼前から姿が見えなかったから、きっとどこかで昼酒を招《よ》ばれてきて、酔い潰れているのだ。母親は大根を洗う手を休めずにそういうと、姉に、ちょっといって起こしてこいと言い付けた。

姉は、前掛けで手を拭きながら小走りについてきたが、爺様はやはり姉の甲高い声でも目を醒まさなかった。

「なんぼ飲んだんだべ。」

姉は呆れたようにそういうと、そばに脱げ落ちている帽子を拾ったついでに、爺様の口を嗅いでみて、すぐに、うっと息を詰まらせて顔をそむけた。濁酒《どぶろく》のひどい臭いに鼻を打たれたのかと思うと、そうではなくて、

「しょんべん臭せ。」

それで麦太は、びっくりした。爺様がそんなものに酔い潰れているとは。

「……山羊のしょんべんだえせ。」

そう思いたかったが、

「いんや、人間のだ。」

姉は、小学生のころから母親を助けて弟や妹たちの面倒を見てきた。人間のその種の臭いには自信があるのだ。

けれども、その臭いが爺様の口からしているのではないことが、すぐにわかった。丸太ん棒のように重たくなっている爺様の片脚の踵《かかと》を、二人掛かりで持ち上げてみると、股の裏側のズボンの色がすっかり変色して、下の地面も黒く湿っていたからである。

麦太は、ほっとしたが、爺様は酒を飲んだわけでもないのに真っ昼間から鼾をかいて、しかも小便まで洩らして眠りこけているのだから、これはいよいよ、ただごとではない。姉が、ひえっと叫んで駈け出すので、麦太もあとを追おうとして山羊の尻に躓《つまず》いた。

三

父親は、あいにく昼過ぎから山へ薪を取りに出かけていた。それを麦太が迎えにいって、二人で馬に相乗りして駈け戻ってきたときは、谷間はもうすっかり日が翳って鴉《からす》がうるさく啼いていた。

父親を呼びにいく前に、みんなで手取り足取りして戸板にのせて、やっとのことで縁側まで運んだ爺様は、留守の間に寝間の寝床に移されて相変らず鼾をかいて眠っていた。その枕許には、医者代わりに呼んだらしい下《しも》の家の婆様が二人いて、おろおろしている家の者になにかと用を言い付けていた。

山で爺様のことを話したとき、父親はあらぬ方へ目を向けたまま、

「……中《あた》ったんだべか。なんつうこった。」

と呟いて舌うちしたが、二人の婆様もおなじ意見で、年寄りが鼾をかいて正体もなく眠りはじめたら、まず中ったものだと観念しなくてはいけないといった。

このあたりでは、脳卒中で倒れることを中るといって、再発作に見舞われることを中り返しといっている。

父親は、枕許にあぐらをかいて、しばらく爺様の寝顔を見詰めていたが、やがて太い吐息をして、誰に尋ねるともなく、

「こりゃあ、どうしたもんだべ。」

といった。すると、歯のない婆様が飴でもしゃぶっているように舌鼓を打ってから、

「このまんま、なるべく静かっこにして、様子を見るほかなかべおん。」

といった。つづいて、目の縁が赤く爛《ただ》れている方の婆様が、

「これで痰が出ねがったら、助かるべせ。痰が喉をごろごろ転がるようになったら、諦めねばなんね。」

といった。

医者代わりといっても、一人は取り上げ婆で、もう一人はその助人《すけと》にすぎないが、これまでに何人となく中った連中を看取ってきた年寄りのいうことだから、黙って拝聴するほかはない。夕餉時になると、婆様たちは囲炉裏端に陣取って、姉が拵えた煎り卵を肴《さかな》に冷酒をコップで一つずつ、ゆっくり飲んで引き揚げていった。

麦太の弟や妹たちが寝てしまうと、狭い家のなかは、爺様の鼾と、柱時計の振子の音だけになった。みんなは囲炉裏端に集まって、黙ってなにかを待っていた。なにかを――勿論、誰もが爺様の鼾が止むのを待っているのに違いなかったが、麦太は、

時々ふっと、爺様の喉を転げる痰の音を待っているような気がして、息苦しくなった。学校のノートをひろげて腹這《はらば》いになってみたが、なにも書くことがなくて鉛筆の芯ばかり舐《な》めていた。

母親が時々、そっと爺様の様子を見に立って、やがてまた忍び足で戻ってくる。母親がなにもいわずに元の場所へ膝を落すと、そのたびに囲炉裏端にはほっと安堵の気配が流れた。まだ痰の音がしていないのだ。

「お前《め》さん、ほんに医者に診せなくていいのかし?」

何度目かに寝間から戻ってくると、母親は小声で父親にそういったが、町医者は、こんな辺鄙なところまではなかなか往診にきてくれないのだ。医者に診せようとすれば病人を町まで連れていくしかないが、中った病人は動かしてはいけないと婆様たちはいっている。

「それに、鼻音立てでる病人を診せだって、医者になにができる?」

父親は怒ったようにそういった。

しばらくすると、今度は姉が、

「爺っちゃ、腹が減ったべなあ。」

誰にともなくそういった。

「このまんま、いつまでも目が醒めねがったら、どうなるのせ？」

それは、飢えて死んでしまうにきまっている。不意に、父親が平手で自分の腿《もも》を叩いた。

「爺っちゃを死なせちゃなんねぞ。」

「んだし。」

と母親が力強く相槌《あいづち》を打った。

「爺っちゃがこのまんま死んだりしたら……茸山《きのこやま》はどうなる？」

と父親がいった。

「茸山より、お前《め》さん、ねんきんが。」

と母親がいった。

父親は、ぎくりとしたようだった。二人は、しばらく無言で顔を見合わせていたが、やがて、父親が先に、とてもじっとしてはいられないというふうに腰を上げると、母親も釣られたように立ち上って、二人はどやどやと寝間へ入っていった。

父親のいう茸山の方は、麦太にも意味がわかった。茸山というのは、秋になると根ッコダケという旨い茸がどっさり生える山のことだ。けれども、その山のありかは爺様しか知らない。毎年、茸の季節になると、爺様は時々ふらりと出かけていって、いつも背負い籠を根ッコダケでいっぱいにして帰ってくる。それが父親には羨《うらや》ましくてならない。なんとかしてその山へいく道が知りたいのだが、爺様はいまだに教えてくれない。親子なのだから、倅《せがれ》にだけはそっと教えてくれてもよさそうなものだが、爺様は頑固に口を割らない。それかといって、爺様のあとをつけても無駄なことで、どんなに気をつけていても途中できれいに撒《ま》かれてしまう。

癪《しゃく》なことだが、怒ってみても仕方がない。爺様がなにかの拍子に口を滑らせるのを、気長に待つほかはなかったが、このまま死なれてしまったのでは茸山もただの幻にすぎなくなる。父親はそのことに気がついて、愕然《がくぜん》としたのだ。

母親のいうねんきんの方は、麦太にはなんのことやらわからなかった。それで、姉にひそひそ声で尋ねてみると、姉の方もひそひそ声で、それは戦争で死んだ兵隊の遺族に下りる年金のことだと教えてくれた。姉の話によると、父親は爺様の三男で、ずっと年上の兄が二人いたのだが、その兄たちが兵隊になってどちらも戦死したのだという。遺族というのは、まず死者の嫁、次には子供、それから両親という順になるが、父親の兄たちにはまだ嫁も子もなかったから、年金は死んだ兄たちの父親である爺様に下りる。一人分が年間七十二万、それが二人分だから、毎年百四十四万という大金が、四回に分けて爺様に下りる。

爺様は、茸のことになるとすこぶる吝嗇《けち》だが、どういうものか金銭には頼りないほど未練がなくて、年金から自分の小遣いをほんのすこし、刻み煙草と、色付き写真がどっさり載っている週刊誌を買う分だけ抜き取ると、あとはそっくり母親に渡してくれる。父親がこれまで出稼ぎをせずに済んだのも、その年金のおかげなのだ。

ところが、遺族の爺様が死んでしまうと、年金は直《ただ》ちに打ち切りになる。それで母親は気が気ではないのだと姉はいって、麦太も、なるほど爺様を大事にしなくてはいけなかったわけだと納得した。

四

谷の出口で、とっぷりと暮れて、やけに冷え込む星月夜になった。

麦太は、荷台で顫《ふる》えているよりはましだと思って、母親が交替しようというのも聞かずに相変らず馬の鼻先を歩いていたが、それでも時々鼻の奥がむず痒《がゆ》くなって、つづけざまに嚔《くしゃみ》が出た。父親が犬の毛皮の袖なしを脱いで貸してくれたが、ただ肩にずっしりと重たいばかりで、嚔はいっこうに止まらなかった。

谷の出口の村を通り過ぎたところで、手鼻を擤むと、

「町の病院さ着いだら、ついでに風邪の薬も貰うべしな。」

と父親がいった。

谷を出ると、町まで平坦なアスファルト道路が通じているが、馬が車のヘッドライトに驚くから、脇道を通って大きな川の土手道に出た。そこからはもう一本道で、ずっと川下にある長い橋のむこうたもとが町になる。

急に爺様を町の病院へ運び込むことになったのは、噂を聞いて今朝方からぽつりぽつりと爺様の喉の音を聞きにやってきた村人たちのひとりから、中っても早いうちに手術をすれば助かるそうだという、耳寄りな話を聞いたからである。手術といっても、固い頭の内側のことだから、どんな大仕掛けなことをするのかと思えば、なに、頭の骨の合わせ目をこじ開けて、破れた脳の血管から流れ出た血をきれいに拭き取るだけだという。その代わり、手術代は廉《やす》くはないということだったが、生き延びてくれさえすれば、年金がある。

父親は、この話に揺さぶられたのだ。日が暮れたら、爺様を馬車で町の県立病院へ運ぼうといった。このままそっと寝かせておいても、爺様は衰弱するばかりである。それに、いつ痰が湧いてきて喉を転がり出すかわからない。爺様を助けるなら、いまのうちだ。

誰も反対しなかった。ただ、村の年寄りたちに知られたら、面倒なことになりそうであった。年寄りたちは、呆れたり怒ったりして、そんな大それた手術はよせというにきまっている。それで、せいぜい頭を絞って、こっそり谷を抜け出してきたのだ。

町の入口の橋まで、もうすこしというところまできたとき、不意に荷台から、

「ちょっと停めでけれ。」

という母親の声がした。父親が、だあだあと馬を停めた。途端に、あたりは静まり返った。麦太は、まるで耳鳴りがするような、と思い、それからすぐに、爺様の鼾がきこえないことに気がついた。父親も、おいたあ、と驚きの声を上げた。

「目え醒ましたど？」

けれども、母親の返事は頼りなかった。

「なんだか知らねども……鼻音と一緒に、息も止まったよんたえ。」

麦太は、父親が放り出していった手綱をすぐに拾い上げた。馬車が大揺れに揺れはじめ、代わる代わる爺様を呼ぶ両親の声があたりに響いた。麦太は、馬が驚いて暴れ出さないように手綱をしっかり抑えていたが、やがて荷台が静かになると、星空が急に自分へのしかかってくるような気がして、ふらふらとした。

父親が荷台から降りてきた。麦太は、爺様のことを訊こうとしたが、声が喉に貼り

ついた。父親は、なにもいわずに、どさりと土手道の縁に腰を下ろした。まるで尻餅でもつくような坐り方だった。麦太は、荷台の様子を見にいこうかと思ったが、その方で母親が洟《はな》をすすり上げる音がしたので、手綱を馬の背に投げ上げてから、黙って父親のそばに腰を下ろした。

静かであった。この世から音という音が残らず消えてしまったような静けさであった。広い川面に、星空が映っていた。見ているうちに、空と川面の区別がつかなくなり、自分が風船玉のように星空を漂っているような気がしてきて、麦太は、ちいさな嚔をした。

ロボット

一

作次が、町の小学校へ通うようになって、まずなによりも困ったのは、自分の教室にプラグを差し込むコンセントがないことであった。

コンセントがないと、電気が引けない。電気が引けなければ、自分を思うように動かすことができない。

せめて、隣の教室にでもあればと思って、放課後、誰もいなくなってから忍び込んで探してみたが、見つからなかった。ついでに、廊下を探していると、用務員のおじさんが通りかかって、落し物でも探しているのかといった。それで、思い切ってコンセントのありかを尋ねてみると、

「コンセント？　ああ、電気の差し込みな。」

用務員さんはそういって頷いてから、訝《いぶか》しそうな顔をした。

「差し込みだら用務員室にもあるけんど……なにするのせ？」

自分の軀に電気を引くのだといっても、他人はわかってくれないにきまっているから、それには答えずに、

「ちょっと、見せでけれ。」

とだけ、作次はいった。

用務員さんは、ちょっとの間、おかしな子だなという目の色で彼の顔と胸の名札を見比べていたが、やがて仕方なさそうに、

「んだら、一緒に来《こ》。」

といって歩き出した。

そうして二人だけでゆっくり歩いてみると、町の入口の木橋よりも遥かに長い廊下であった。ただ長いばかりではなく、途中で直角に折れたりする。作次の電気コードは、伸ばそうと思えば際限もなく伸びそうだったが、ここは滅多に人の通らない山道とは違って、休み時間ともなれば大勢の生徒たちがぞろぞろと行き交う廊下である。こんなところに、朝から学校が終るまで、長いコードを引きっ放しにしておくわけにはいかないだろう。誰かがそれに足を引っかけて転んだりするのは、こちらの知ったことではないにしても、その拍子に、用務員室のコンセントからプラグが抜けたり、

コードが途中で引きちぎられたりしたら困る。困るどころか、不意に電気がこなくなったら、こちらはその場で立ち往生する――それが給食のときだったら、たとえばスープの匙《さじ》を口のすぐそばまで運んだところで。自習の時間だったら、前の席の女の子の頭に髪切虫をのっけようとしたままで。こちらは石地蔵のように動けなくなって、ただ匙のスープが虚しく湯気を立て、指先の髪切虫が長い触角でいたずらに宙をまさぐっているだけなのだ。


二つ目の角を折れたとき、つい、絶望の溜息を洩らすと、

「どした？」

と用務員さんが振り向いた。

「あんまり遠いすけ。」

「遠いか。」と用務員さんは独り合点で笑っていった。「一年生になったばかりは、誰でもそう思うのせ。なに、じきに馴れる。」

なるほど、用務員室のコンクリートの土間の、大きな囲炉裏のむこうの柱の蔭に、コンセントがあった。まさかの時のために、コンセントのありかを一個所でも多く知っているのは心強い。作次は、ただそこにコンセントがあることを確かめるだけにするつもりだったが、その前にしゃがんでしまうと、やはりそこに自分のプラグを差し

込んでみないではいられなくなった。そばに用務員さんがいることなど、忘れてしまった。

作次は、股座《またぐら》からプラグを取り出すと、それをコンセントにしっかりと差し込んだ。途端に、まず下腹に微かな震動が起こり、それが軀の芯を伝って忽《たちま》ち胸や頭や手足の先端までひろがった。新鮮な電流に揺さぶられて、軀のあらゆる器官が生き生きと躍動しはじめたのだ。いつものことながら、この一瞬の快感は、こたえられない。作次は思わず目をつむって、うっとりとした。

「……なにしてら？」と、そのとき背後で用務員さんがいった。「お前《め》、まさか、やらかすんじゃあるまいな？」

作次は我に返った。プラグを取り出すために股座など探っていたから、用務員さんは、そこにしゃがんだまま用足しでもするつもりかと思ったのだろう。作次は、ゆっくりと腰を上げたが、それはべつに用務員さんの疑いを晴らすためではなくて、ともかくコードを伸ばしてみようと思ったからであった。ここから一年生の教室までは随分距離があるから、あるいは無駄骨になるかもしれないが、この際、自分のコードがどれだけ伸びるものかを試しておくのも悪くない。

作次は、ついさっきまで左手にしっかりと握り締めていた命の綱の乾電池を、そっと上着のポケットに仕舞った。それから、背中をまるくして、両手で股座からコードを手繰り出しながら、うしろ向きにそろそろと歩きはじめた。コードは床に密着させて、できるだけ直線に、けれども無理なく、余裕を持たせて伸ばさなければいけない。

不意に、尻がなにかにつかえて、肩越しに振り向いてみると、用務員さんが両目を剝《む》くようにして見下ろしている。尻が当っている用務員さんの膝を、改めてちょっと押してやったが、動かないので、

「どいてけれ。」

と作次はいった。電流のおかげで、ちっとも物怖《ものお》じしなくなっている。それに、いつもよりずっと野太い声も出る。

用務員さんは、薄気味悪そうに道をあけたが、今度は前に回って、コードを踏んだ。

作次は舌うちして、腰を伸ばした。

「邪魔しねでけれ。」

「邪魔？　なんも、邪魔なんちょ、してねべさ。」

作次はまた舌うちすると、コードを振って波打たせて見せた。

「そこを踏んでるべな。その足、どかしてけれ。」

用務員さんは自分の足許を見て、それからゆっくり作次の顔に目を上げた。狐につ

まれたようなというのは、こんな顔のことをいうのだろう。それは無理もないことで、作次のプラグも、コードも、他人には見えない。用務員さんには、自分がコードを踏んでいることがわからないのだ。

「……お前、なにしてるんだ？」

と、用務員さんはコードを踏みつけたまま、情けないほど弱々しい声でいった。

作次は、三度目の舌うちをした。プラグもコードも見えないのだから、用務員さんの目には、ただ尻の先から糸を紡ぎ出す蜘蛛《くも》を真似た、単調な踊りでも踊っているように映ったのかもしれないが、作次にはそれを他人に説明する気など、毛頭なかった。

「どいてけれったら、どいてけれ。」

それが、ダンプカーで河原へ砂利を取りにくる髭面《ひげづら》の男たちのような声になったので、用務員さんは足許から蛇でも出たかのように飛び退いた。

作次は、ふたたび作業に熱中したが、案の定、用務員室を出てから十五メートルほど進んだところで、限界がきた。コードはまだまだ伸びそうだったが、最初の角を折れると、急にコンセントからプラグを外されやしないかという不安に胸を締めつけられて、息苦しくなったのである。作次は、最初から無理だと思っていたから、そう落胆もしなかった。片手にコードを巻き取りながら戻りかけると、すこし離れたところから見物していた用務員さんが自分から壁に背中を貼りつけた。

　また柱の蔭のコンセントの前にしゃがんで、ポケットから乾電池を取り出し、それを左手にしっかりと握ってから、プラグを抜いた。途端に、軀のなかの快い震動が消え、手足がすこしだるくなったが、それは仕方のないことで、プラグと巻き取ったコードをまた股座へ押し込んで立ち上ると、囲炉裏のそばでぼんやりしている用務員さんに、

「ありがっと。」

　と礼をいった。

用務員さんは、なんとも返事をしてくれなかった。目も口もまるく開けて、両手をだらりと脇に垂れている。作次は、なにやら気の毒になって、つい、

「おらは、電気で動くもんだすけ。」

　と、言わでものことを口にした。用務員さんは、二、三度、大きな瞬きをしたきりであった。

「んでも、おらはコンセントがなくても我慢すらえ。こいつがあるすけ。」

　作次はそういって、左手の乾電池をちょっと指をひらいて見せてから、きのう担任の先生から教わったように、電圧と一緒に衰えた声をせいぜい張り上げて、

「おじさん。さようなら。」
とお辞儀をした。

二

作次は、町の裏山を越えたところにある杉里という谷間の村から、十九人の仲間たちと片道一時間の山道を歩いて学校へ通っていた。仲間たちといっても、学年がまちまちだから、朝は村の庚申塚《こうしんづか》の前に集まって一緒に出かけてくるものの、午前授業の土曜日を除くと、帰りは大概ばらばらになる。とりわけ、今年の村の新入生は作次ひとりで、しかも一年生は学校中でいちばん早く帰ることになるから、作次はひとりぼっちになってしまう。いくら赤子のころからひとりでいることには馴れているといっても、ひとりぼっちで一時間の山越えをするのはさすがに心細い。それで作次は、学校が早く退《ひ》けても、町はずれの木橋のたもとにあるバスの発着所で、誰か村へ帰る道連れが通りかかるのを待つことにしていた。

日によっては、一時間も、二時間も待つことになったが、作次は退屈などしたことがなかった。彼は、そのバスの発着所が気に入っていた。なによりも、そこの待合室のベンチの蔭に、コンセントがあるのが嬉しかった。待合室だから人目は避けられなかったが、コンセントのすぐそばのベンチが空いていればなんのこともないわけだし、すこし離れていても、例の一連の作業を手早くやりさえすれば見咎《みとが》められる気遣いはなかった。学校の用務員さんばかりではなく、バスを待つひとたちにもプラグやコードは見えないのだから、誰だって子供が退屈凌《しの》ぎになにかして遊んでいるのだとしか思わない。

朝から微弱な乾電池で辛抱してきた作次には、待合室のコンセントは難儀な山道の途中に湧いている泉のようなものであった。それを存分に味わうことのほかに、作次にはまだ、することがあった。外の広場にたむろしている古い仲間たちに、一応挨拶をして回らねばならない。とても退屈などしている暇がないのだ。

古い仲間というのは、勿論、村の子供ではない。第一、彼等は人間ではない。その人間ではない古い仲間とはなにかというと、それはバスの車体のうしろについている冷却器《ラジエーター》のファンのことだ。

作次は、バスの冷却器のファンとはまだ赤子のころからの付き合いであった。作次の父親は出稼ぎ専門の大工だが、その父親の送り迎えに、よく母親の背中に揺られてこのバスの発着所まで山越えしてきたからである。父親は、どういうものか最後部の座席の隅っこが好きで、始発のバスに乗り込むと、きまってそこに席を取った。勢い、見送る母親はバスのうしろに立つことになる。父親が窓のガラスに額を押しつけて見下ろすので、母親はもっとよく見えるように背中の作次をその方へ揺すり上げる。すると、作次の顔が、ちょうど冷却器のファンの高さになった。

エンジンが始動すると、同時に作次の目の前で、ファンも唸《うな》りを上げて回り出す。やがて、バスは青い煙を吐きながら、今度はいつ帰るとも知れない父親を運び去る。作次には、回り出すファンは別れの合図であり、その低い唸りは別れの音であった。何度も別れを繰り返すうちに、その合図と音とが、赤子の作次の目と耳に焼きついた。しまいには、その冷却器のファンそのものが、バスの一部ではなくて、良くも悪くも自分とはのっぴきならない関わりのある一匹の生きもののようにさえ思われてきた。父親を連れてきたり、また連れ去ったりするばかりではなく、途中の山道で母親を薄気味悪くなるほど浮き立たせたり、歩くのがやっとの病人のように萎《しお》れさせてはすすり泣きまでさせたりする、一匹の不思議な生きもののように。

いま、こうして自分が電気で動く人間になってみると、バスの冷却器のファンこそが自分の最も古い仲間だったということがわかる。作次は、コンクリートの広場に出て、時々街道の方へ目をやりながら、これから出ていくバスや帰ってきたバスの冷却器のファンに、「居だがい。」といちいち声をかけて歩く。居だがいというのは、村で近所の家を訪ねるとき誰でも最初に口にする言葉で、まずこんにちはという挨拶に相当する。

そういえば、作次があの古ぼけた扇風機とただならぬ仲に陥ったのは、「居だがい。」といって訪ねてくるひとに、「居ね。」と返事をするためにひとりで留守番をさせられたころのことであった。

作次が三つになったばかりのころ、父親が出先で怪我をして帰ってきて、半年ほど仕事を休んだことがあった。その半年の間、母親が代わりに町の煉瓦工場へ働きに出たが、父親の怪我が治ってまた旅へ出かけてからも、母親は日銭の味が忘れられなくてそのまま煉瓦工場の女工をつづけていた。けれども、物蔭に寝かせておける赤子とは違って、やっと足腰に自信をつけた三つの子など、とても危険な工場へ連れてゆけない。それで、作次はひとりで留守番をさせられることになったのだが、三つ子のひとり歩きが危険なのは村もおなじだから、このあたりでエンツコと呼んでいる藁でお椀の形に編んだ揺籠のなかに、腰から下をすっぽりと埋め込まれての留守番になった。

母親は、毎朝、出かける前に、作次にたっぷり時間をかけて用足しをさせ、赤子のときに使った襁褓《おしめ》を当ててからエンツコのなかにあぐらをかかせて、そこから脱け出せないように、何本もの腰紐で作次の躯とエンツコを雁字《がんじ》がらめに縛りつける。自由に使えるのは、首から下では左手だけで、その手でそばに用意された昼の握り飯を食ったり、水を飲んだり、おやつの飴を口に入れたり、痒《かゆ》いところを掻いたりする。

雨戸を開けたままの縁側から、「居だがい。」と声をかけるひとがいれば、すかさず、「居ね。」と返事をする。相手は大概びっくりして、「ほうい。居ねと返事をするひとが居るってば。」と、障子を細目に開けてみて、「ははあ、エンツコで留守番な。」と笑う。なかには、外も見えないのでは鬱陶しかろうといって、障子を半分ほど開けていってくれるひともいる。

夏になると、作次の顔や背中に汗疹《あせも》が出た。北国でも、真夏になると、日中は三十度を越す日が何日もつづく。母親は、痒い汗疹が掻けるように右手も自由にしてくれた。その上、物置から、首を振るたびに全身ががたがたと顫える古ぼけた扇風機を出してきて、それをすこし離れた飯台に据え、そばのコンセントに自分でプラグを差し込んだり抜いたりすることを許してくれた。作次は、コンセントにプラグを差し込むと、扇風機の羽根がひとりでに回りはじめるのを見て、びっくりした。それから、母親の背中から見たバスの冷却器のファンを思い出した。あれとそっくりではないか。まるで、そこにバスが一台、いまにも走り出そうとしているみたいではないか。

作次は、夕方母親が帰ってくるまで、汗疹の痒さも忘れて何百回となくコンセントにプラグを差し込んだり抜いたりして遊んでいた。彼には、扇風機の風よりも、それが自分の言いなりに回ったり停まったりするのが嬉しくてならなかった。そんな遊びを何日もつづけているうちに、彼には、やはりその扇風機もあのバスの冷却器のファンのように、ただの風を起こす器械ではなくて一匹の生きものではないかという気がしてきた。実際、全身を顫わせながら首を振っている扇風機に耳を澄ますと、そこからきこえるさまざまな音が、なにかぶつぶつ呟いているようにも、ひそひそ笑いをしているようにも、咳をしているようにも、喉を鳴らしているようにもきこえる。彼は、扇風機に話しかけることをおぼえた。扇風機になんでも話すようになると、自然に扇風機の言葉もわかるようになった。

秋の中頃、作次は、扇風機のおかげでエンツコから解放されることになった。彼は、母親に頼んで、夏のさかりが過ぎてからも相変らず扇風機だけを遊び相手にしていたが、彼に扇風機さえ預けておけば、べつにエンツコに縛りつけておかなくても、一日中、家のなかで静かに遊んでいられることが、母親にもだんだんわかってきたからである。彼が扇風機とどんな戯れ方をしても、母親は時々呆れたように笑うだけで、なにも文句はいわなかった。母親にすれば、遊び相手がなんであれ、子供が静かに留守番をしていてくれさえすればよかったのだ。

作次は、お互いにもっとよくわかり合えるようになりたくて、自分も扇風機のように電気で動く器械だったらよかったのにと思うようになった。できることなら、いまからでも扇風機になりたい。そんな願いを持ちながら、仮に自分の下腹にもプラグとコードが詰まっているものとして、それを股座から引き出してコンセントに繋いで遊んでいるうちに、そのプラグやコードがだんだんはっきりと目に見えるようになってきた。母親にはなにも見えなかったが、彼の目にははっきりと見えた。コンセントにプラグを差し込むと、流れ込んでくる電流のために快い震動が軀の隅々にまでひろがるさまも、手に取るようにわかった。

作次が、とうとう自分も電気で動く人間になれたと思い込むようになったのは、それからである。

三

コンセントがなくても、乾電池さえ手にしっかりと握っていれば外へも自由に出歩けるのだと気がついたのは、去年の旧盆に父親が珍しく土産に買ってきてくれた、電池で水の上を走り回る海豚《いるか》の玩具がヒントになった。作次は、その玩具から抜き取った細身の乾電池をいつも左手に握っていたが、村の仲間たちはそれを知っても、べつに怪しみもしなかった。村には、乾電池よりもおかしなものを宝物のようにしている子が他に何人もいたからである。

けれども、町の学校へ通いはじめると、左手を握ったままでは不都合なことがいろいろと出てきた。教室にいる間はともかく、校庭に出ると、そのためにへまばかり重ねることになった。ドッジボールのボールが取れない。野球のバットが握れない。鉄棒にただぶらさがることすらできない。作次は、みんなに嗤《わら》われた。なかでも、意地悪な連中は、不意打ちに襲いかかってきて左手の乾電池を奪い取ろうとしたこともあった。

「作次君ねえ」と、ある日の放課後、担任の女先生が作次の肩に両手をのせて、顔を覗き込むようにしながらいった。「あんた、電気で動くんだって？ 先生はね、そのことはもうずっと前に用務員のおじさんから聞いて知ってたんだけど、いままで黙って様子を見ていたの。でも、あんたにはちっともおかしなところがないわ、電気のことさえ除けばね。電気のことだけは、どうしてもわからないの。だから、先生に教えて。どうしていつも電池を手に握ってるの？」

作次は、仕方なく、

「こいつがねっと、おらは死ぬすけ。」

といったが、それ以上のことはなにを訊かれても言葉で答えることができなかった。

「じゃ、こうしましょう。」と、女先生は匙を投げたようにいった。「夏休み中に、いちど先生とお母さんと三人でゆっくり相談しようね。早くその電池を手放さないと、作次君、厄介な病気になるかもしれないわ。いい？　約束よ。」

けれども、夏休みよりも、あの日の方が先にきてしまった。

一学期の終業式の日は、北国では珍しく朝からひどく暑い日だった。ひさしぶりに村の仲間が顔を揃えて帰ることになったが、町はずれの木橋の上から川で子供たちが大勢水浴びしているのを見ると、六年生のひとりが、おら達も一と浴びしていくべしといい出して、みんながそれに賛成した。作次も、みんなのうしろについて河原へ降りた。

パンツ一つになって浅瀬で水をはね上げていると、いつのまにかクラスの男の子が五、六人、まわりを囲むように寄ってきて、

「汝《うぬが》、電池握ったまんまで、泳げるど。」

とひとりがいった。

と作次は即座に答えた。あの父親の土産の海豚のように。

「泳げるせ。」

「んだら、泳いでみれ。」

作次は、不意に肩を突かれて、他愛もなく深みの方へよろけていった。滑って、尻餅をついたところを、ぐいと早い流れに引き込まれた。とっさに、右手で杙《くい》に摑まったが、川藻のぬめりで、手のひらが滑った。思わず、今度は左手で次の杙を摑もうとして、その拍子に、大事な乾電池を手放してしまった。

作次の軀から、急に力が抜けてしまった。声を立てることも、もがくこともできなかった。手足が早くも硬直して、頭が錘《おもり》のように先に沈んだ。作次は、ありったけの息を吐き出して顔のまわりにあぶくを散らすと、それきりなにもわからなくなった。

鳥寄せ

一

最初は、一と声、ついっちょん、でやんす。それから、ちちちちちち、と七声つづけて、つうぃっちょ、つうぃっちょ。いっちょん、るぴいあ。あとは、ちちち、るぴいあ、ちちち、るぴいあ、を四度繰り返して、これが一《ひ》と啼《な》き。

一と啼き、といっても、鳥寄せの笛の一と啼きですから、その啼き声はとても本物の鳥のようにはいきゃんせん。小鳥の声を聞き馴れた耳には、あ、鳥寄せの笛だな、とすぐわかります。第一、このあたりには、ついっちょん、ちちちちちち、つうぃっちょ、つうぃっちょ、いっちょん、るぴいあ、なんて啼く鳥なんぞ、いねもんし。

小鳥をおびき寄せる笛ですから、声も啼き方も、なるべく本物に似ていないといけませんが、このついっちょんの啼き声は一体なんという小鳥を真似たんでやんしょう。それは誰にもわかりません。いつか分教場でこの笛を鳴らして見せたとき、男先生も女《おなご》先生も、さあ、なんつぅ鳥だべ、と首をひねるばかりでした。

学校の先生にも知らないことがあるのかと、そのときはちょっとがっかりしたものですが、考えてみると、この村で生まれた父《と》っちゃも、隣村で生まれた母《か》っちゃも、その鳥の名は知らなかったのですから、町育ちの先生方が首をひねるばかりだったのは無理もないことでした。

ひょっとしたら、爺《じ》っちゃは知っているかもしれませんが、爺っちゃは口を利いてくれません。おらにばかりではなく、誰にもです。爺っちゃは、一日中、炉端に背中をまるくしてあぐらをかいて、時々煙管《きせる》で炉の縁を叩くほかは石のように黙りこくっているだけなんです。

鳥寄せの笛は、鉛筆よりすこし太目の篠竹《しのだけ》を三本、十センチほどの長さに切って筏《いかだ》のように横に並べてくっつけたものです。反り返ったり、ばらばらになったりしないように、膠《にかわ》のようなもので貼り合わせた上に、丈夫な釣糸でしっかりと組んであります。それぞれの竹には、ところどころにいくつも小穴が開いていて、そこを両手の指先で抑えたり離したりして吹くわけですが、ちょっと見ただけでは古びてぼろぼろになった竹簾《たけすだれ》の切れ端《は》しみたいな笛なのに、なかにどんな仕掛けがしてあるのか、吹けば、ついっちょん、ちちちちちち、つういっちょ、つういっちょ、いっちょん、るぴいあ、と小鳥の声が飛び出すんですから、不思議というほかはありゃんせん。

こんな笛、一体、誰が考えて、誰が拵《こしら》えたんでやんしょうか。それもまた誰にもわかりませんが、見たところ、竹の一本一本がまるで脂《やに》が染み込んだ煙管の羅宇《らう》みたいにすっかり飴色になっているところといい、手垢や埃がタールみたいになって竹と竹との隙間を埋めているところといい、よほど古いものに違いないということがわかります。

父っちゃは、この笛を爺っちゃから貰ったといっていました。ついっちょんという吹き方も、爺っちゃから教わったといっていました。すると、この笛は、爺っちゃが拵えたんでやんしょうか。それとも、爺っちゃもまた自分の父っちゃから笛と吹き方を受け継いだんでやんしょうか。

爺っちゃが口を利いてくれない以上、それは確かめようもありゃんせんが、ともかく、これは鳥寄せの笛なんですから、この笛を拵えたひとが誰であれ、そのひとが生きていたころには、まだこのあたりについっちょんと啼く鳥が棲んでいたのだと思わなくてはなりません。そうでなければ、そんな笛の吹き方が生まれるわけがないのですから。

いまはもう、ついっちょん……いっちょん、るぴいあ、などと啼く鳥は、このあたりには一羽もいません。どこへいってしまったんでやんしょう。村でも、荒れた田畑や藁葺きの家を捨てて町へ下りていくひとたちが絶えないように、もっと住みよい土地へすこしずつ流れていったんでやんしょうか。それとも、村のひとたちがもっと楽で実入りの多い仕事に次から次へと転業して、野良仕事に打ち込む農家がだんだんすくなくなってくるように、ついっちょんの鳥たちもすこしずつ鳥であることに厭気がさして、生まれ変りを試みているうちに、とうとう絶滅してしまったんでやんしょうか。

二

おらが、初めてこの鳥寄せの笛の音を聞いたのは、やっと四つになったばかりのころでやんした。どうしてそうはっきり憶えているのかというと、ちょうどそのころ弟が生まれたからで、爺っちゃがその弟の子守をしながらよくこの笛を鳴らしていたのです。もしかしたら、爺っちゃはおらが生まれたときにもこの笛で子守をしてくれたのかもしれませんが、おらが憶えているのは弟のことだけです。

子守といっても、爺っちゃは弟をおんぶして外を歩いたりしたわけではありゃんせん。そのころはもう腰に神経痛が出て、鎌より重たい農具は持てなくなっていましたから。爺っちゃは、弟が眠っているエンツコを縁側まで引き出して、そのそばに、よく両手で片膝を抱くようにして坐っていました。エンツコというのは、藁で厚くお椀のような形に編んだ揺籠で、村で生まれた赤ん坊は、かなり大きくなるまで、なにかというとこのエンツコに入れられます。生まれたばかりのころは勿論のこと、這ったり歩いたりするようになってからも、親の足手まといになるようなときはきまってこのエンツコに閉じ籠められることになります。

爺っちゃの子守は、弟が目を醒まして泣き出すと、「誰《だあれ》あせ、誰あせ……。」と歌うように繰り返しながら、エンツコを軽く揺り動かしてやるだけでした。あとは、家畜小屋から飛んできて乳臭い弟の寝顔に群がる蠅《はえ》を、時々手で追い払ってやるのですが、爺っちゃは裏山へ目を上げて鳥寄せの笛を吹きはじめると、すっかりその役目を忘れてしまって、弟の寝顔が蠅で瘡蓋《かさぶた》だらけのようになっていることがしばしばでした。縁先を通りかかって、気がついて、それを爺っちゃに知らせてやると、

「おいきた、この腐れ蠅ぁ、けっ。」

と爺っちゃははらはらするような大声を出し、首の手拭《てぬぐ》いを大袈裟《おおげさ》にはためかせて

蝿の群れを追い払います――そうでした、あのころの爺っちゃは、まだいくらでも口を利いてくれたんでやんした。

おらはいま、十二で、分教場の六年生ですから、四つのときといえば八年前のことになります。いまから思えば、八年前のおら方《ほ》は、いえ、もっと正確にいえば五年前までのおら方は、ごく普通の農家でやんした。父っちゃも母っちゃも、べつに軀のどこが悪いということもなく、父っちゃは野良仕事が暇になると力仕事に雇われて、毎日弁当持ちで町へ通ったりしました。爺っちゃは、神経痛でも孫の子守や竈《かまど》の焚きつけぐらいはしてくれました。家畜小屋には牛も豚もいました。

ところが、いまは、父っちゃも母っちゃも、どちらもいません。家畜小屋も、空っぽで、残った爺っちゃはまるで炉端の石地蔵です。たった四年の間に、この変りようです。どうしてこんなことになったんでやんしょう。

三

この笛を、鳥寄せの笛だと教えてくれたのは、父っちゃでやんす。それまで、おらはそれをてっきり子守の笛だとばかり思っていました。

おらが二年生のときのことです。ある日、分教場から帰って、家畜小屋を覗いてみると、三頭いた豚が一頭もいません。どうしたのかと思って母っちゃに尋ねてみると、

「豚な……豚は売った。」

と母っちゃはいいました。

「三頭もな。」

「んだ。」

豚は肥やして売るものだとは知っていましたが、いちどに三頭も売ったと聞いて、おらはすっかり拍子抜けしました。豚に餌をやるのがおらの役目になっていたからです。

それからしばらくして、吹き降りの日に、きっと寝藁が水浸しになっているだろうと思って、牛小屋を覗いてみると、牛がいません。家には父っちゃもいませんでしたが、こんな日に牛を連れて野良へ出かけたとも思えません。それで、まさかとは思いましたが、

「牛《べご》も、売ったってな?」

炉端で爺っちゃの背中に灸を据えてやっている母っちゃにそう訊くと、

「んだ。」

とあっさり頷くので、びっくりしました。日頃、母っちゃの口から、牛も家族のようなものだから忠実《まめ》に面倒を見てやらねばなんねと、よくいい聞かされていたからです。

その家族のひとりを平気で売ったというものですから、おらは、びっくりしたあと、悲しくなって、

「なして？　なして売ったってせ。」

と、べそをかいてしまいました。

母っちゃは、しばらく黙って、燻《くすぶ》っている爺っちゃの背中に眉を顰《ひそ》めていましたが、やがて思い出したように、

「銭にしたのせ。銭ぁねば、干乾しになるべさ。」

そういいました。

父っちゃが、おらに鳥寄せの笛を吹いて見せてくれたのは、その翌日か、翌々日のことです。おらが空っぽの家畜小屋の前にしゃがんで、棒きれで地面に牛や豚の絵を落書きしていると、父っちゃが野良から帰ってきて、珍しく、

「どりゃ、俺が笛っこ聴かせでやるすけ。」

そんなことをいってわざわざ母屋から笛を持ち出してきて、ひとしきり吹いて見せ

たんです。

ついっちょん。ちちちちちち。つぅいっちょ、つぅいっちょ。いっちょん、るぴいあ。ちちち、るぴいあ。ちちち、るぴいあ……。

「どんだ?」

「鳥っこぁ啼いでるよんた。」

と、おらは感じたままをいいました。すると、

「んだべさ。これは鳥寄せの笛っこだすけ。」

父っちゃはそういって、この笛を鳴らせば遠くにいる鳥でも仲間が呼んでいると思ってそばまで飛んでくるのだと教えてくれました。それで、父っちゃが笛を鳴らしている間、おらはあたりに気をつけていたのですが、いっこうにそれらしい小鳥の姿が見えません。

「父っちゃ、鳥っこぁさっぱりこねやえ。」

と区切りついたところで、そういうと、父っちゃは笑って、

「ほんにな。町のひとら、しょっちゅう霞網《かすみあみ》持って荒らしにくるすけ、鳥っこぁめっきりすくなくなって……困ったもんせな。」

といいました。

ところが、そういう父っちゃもまた、町から人集めにきた赤ネクタイの網に掛かって東京へ働きに出ることになったのは、それからまもなくのことでやんす。父っちゃは、支度金で、町から空色のビニルの大きな鞄を買ってきました。荷造りをして、その鞄を持ち上げると、なかで乏しい持物が踊ったり跳ねたりする音がきこえました。

「なあに、怯《おじょ》むなって。大は小を兼ねるっつうべ？　帰りには土産を沢山《ずっぱり》詰めでくるすけに。」

父っちゃは自分を励ますようにそういって、額に青い筋を浮かして笑いながら出かけていきましたっけが――それが父っちゃの見納めになってしまいました。

それきり、父っちゃは、帰らねのし。

四

一緒に東京へ雇われていった村の仲間のひとたちは、暮の三十日に正月休みを貰って帰ってきました。おらは、あいにく腹が大きくなっていて山越えのできない母っちゃの代わりに、出迎えのひとたちに混じってバスの終点まで父っちゃを迎えにいきました。ところが、両手に荷物を提げてバスから降りてくるひとたちのなかに、父っちゃの顔が見当たりません。

おらは、おろおろして、仲間のひとりに父っちゃのことを尋ねてみました。すると、そのひとは怪訝《けげん》そうな顔をして、お前《め》の父っちゃなら先に帰ったはずだというのです。そんなことはありゃんせん。まだ帰らないから、こうして迎えにきているのです。いや、確かに帰ったはずだ、秋口には帰ったはずだ。仲間のひとたちは口々にそういって、互いに顔を見合わせて首をひねると、それきり口を噤《つぐ》んでしまいました。

おらは、狐につままれたような気持で帰ってきましたが、その晩、仲間のひとが何人か事情を話しにきてくれて、父っちゃは確かに秋口に、村へ帰るといって荷物を纏《まと》めて東京の飯場を出たことがわかりました。そのひとたちの話によると、父っちゃは馴れない仕事にへまばかりしていて、俺はやっぱり百姓だ、野良仕事がいちばん性に合っている、村へ帰る、と仲間に洩らして、夜逃げをするように飯場を脱け出ていったということです。

けれども、父っちゃは村には帰っていません。一体どこへ消えてしまったのでしょう。それは誰にも見当のつかないことでした。母っちゃは死んだ子を産みました。爺っちゃが炉端の石地蔵になったのは、それからです。

父っちゃは、翌年の秋になって、やっと見つかりました。驚いたことに、父っちゃはいつのまにか裏山まできていたのです。それを、茸採りのひとが見つけました。見つけるのが遅すぎました。父っちゃは白い骨になっていました。そばに、空色のビニルの鞄が倒れていました。上の松の木の枝にまるくベルトが掛かっていて、それには、ちいさな楕円形の真鍮《しんちゅう》板に父っちゃの名前と生年月日を刻んだお不動さんのお守りが、固く結びつけてありました。

空色のビニルの鞄を開けてみると、黴《かび》だらけの衣服や下着類のなかから、土産物らしい品々が何点か見つかりました。爺っちゃのためには、新しい煙管と毛の胴巻。母っちゃのためには、市日にも着ていけるような花柄のシャツと茶色の女ズボン。おらと弟のためには、お揃いの彫刻刀セットと、赤と青のちいさな蝦蟇口《がまぐち》が一つずつ。どちらにも、種銭に五円玉が一個ずつ入れてありました。

そんな土産まで用意して、せっかく裏山まで戻ってきたのに、どうして父っちゃは目の下に自分の家の明りを見下ろしながらそこで立ち止まってしまったんでやんしょう。騒ぎのあと、村のひとたちが寄ると触ると囁《ささや》き合っていたように、父っちゃは自分の家の明りを見て、かえって足がすくんでしまったのでしょうか。馴れない仕事にへまを重ねすぎて、自分の家へ引き返す自信までもなくしていたのでしょうか。また、仲間たちから離れて自分だけ野良へ戻ったところで、どうなるものでもないと絶望したのでやんしょうか。

父っちゃの葬いを済ませたあたりから、母っちゃは時々、気が狂《ふ》れたとしか思えないようなことを平気でしたり、突然わけのわからないことを口走ったりするようになりました。

「いま父っちゃを呼んできてやっから、待っててな。父っちゃは青いビニルの鞄担いで、飛んでくらえ。」

ある晩、母っちゃがにこにこ顔でそういって、窓から外の暗闇に向って鳥寄せの笛を鳴らしはじめたときも、おらも弟も、ただ呆気にとられて母っちゃを見守るばかりでした。

それ以来、日が暮れると、縁側に腰を下ろして、子供みたいに足をぶらぶらさせながら、鳥寄せの笛を繰り返し繰り返し吹き鳴らすのが、母っちゃの日課になりました。

そんなことをしたところで、父っちゃが鳥になって飛んでくるわけはないのですが、母っちゃはいっこうに諦めるふうもありゃんせん。

村の夜は静かですから、笛の音は遠くまで鳴り渡ります。日が落ちてからの鳥寄せなんて、気違い沙汰で、気が狂れていることをみんなに知らせているようなものです。それでも、おらは、母っちゃの気持がそれで慰められるものならと思って、恥ずかしいのを随分我慢していたのですが、いつか町の本校から鼓笛隊が分教場へ演奏訪問にやってきたとき、賑《にぎ》やかな笛太鼓の音に誘われて校庭に集まってきた村人たちのなかから、突然、母っちゃが鳥寄せの笛で頓狂な雑音を入れはじめたときは、正直いって、おらは心底、母っちゃを恨みました。

その晩、おらは母っちゃから鳥寄せの笛を盗んで、納屋の棚の隅に隠しました。母っちゃは、家のなかをさんざん探し回った末に、

「おらの鳥っこも、どっかさ飛んでってしまったじゃ。」

そういってしょんぼりしていましたが、ある日、普段着のままふらりと家を出て、それきりになってしまいました。またしても騒ぎになって、母っちゃが近所の家から霞網を借りて裏山へ入ったことだけはわかりましたが、なにしろ馴れた山菜採りでもいちど迷ったら出てこられないという深い山です。消防団が捜索隊を出してくれましたが、二十キロも奥の谷川の縁で霞網が見つかったきりでした。

鳥寄せの笛は、いまは、おらが鳴らしています。母っちゃを真似て、縁側に腰を下ろして足をぶらぶらさせながら。でも、おらは、母っちゃのように気が狂れているわけではありゃんせん。そんなことをしても無駄だとわかっているのですが、日が落ちると、とてもこんな鳥寄せの笛でも鳴らさないではいられないのです。

最初は、一と声、ついっちょん、でやんす。それから、ちちちちちちち、と七声つづけて、つういっちょ、つういっちょ。いっちょん、るぴいあ。あとは、ちちち、るぴいあ、ちちち、るぴいあ、を四度繰り返して、これが一と啼き。

メリー・ゴー・ラウンド

一

白い帽子。白いワンピース。白い靴。金色の鎖のついたビーズのハンドバッグ。赤い胴の水筒。片腕で抱くのにちょうどいい大きさの赤毛の人形。それから、網袋にぎっしり詰まったキャンデーも。

「これで、おしまい。」

と父親はいって、空《から》になったボストンバッグのチャックを閉じた。

チサは、目の前に並べられた品々にただ黙って目を瞠《みは》っていた。保育園に迎えにきてくれたときから、膨らんだボストンバッグをなにか怪しいと睨《にら》んでいたのだが、まさかこんなものが入っているとは思わなかった。チサは、保育園祭のとき、鬚のおじさんがシルクハットのなかから鳩を取り出して見せたことを思い出した。自分の父親に、手品ができるとは知らなかった。

「どうだ？　まだほかに欲しいものがあるか？」

そういわれても、チサにはなんのことかわからなかった。病身で、女のように色白な父親の頬に、珍しく赤みが差していた。

「……ほかにって？」

「このほかにだよ。」と父親は、目の前の品々へ顎《あご》を振っていった。「お帽子に、お洋服に、靴もある。それに、ハンドバッグ、水筒、お人形、キャンデー。これはみんなチサのものだよ。」

チサはびっくりした。

「あたしにくれるの？　全部？」

「そうだよ。」

「……誰が？」

「勿論、父ちゃんがだよ。チサが欲しがってたものをちゃんと憶えてたから、昼休みに白山通りへいって、片っ端《ぱし》から買ってきたんだ。」

白山通りというのは、町でいちばん賑やかな商店街で、父親が勤めている町役場から歩いてすぐのところにある。

チサは、ビーズのハンドバッグと手頃な人形は確かに欲しいと思っていた。近頃はいちども口にしたことがないが、母親がまだ生きていたころはよくおねだりをしたものであった。父親はそれを聞き憶えていたのだろう。赤い胴の水筒も、もしかしたら保育園の仲間が持っているのを見て、あんなのが欲しいといったことがあったかもしれない。

けれども、白い帽子や、白い洋服や、白い靴については、なんの記憶もなかった。そんなものをねだったことは勿論、欲しいと思った憶えすらなかった。チサは、最初から、そんな絵や写真に出てくる都会の子が身に着けているようなものは、自分にはまるきり縁がないのだと諦めていたのだ。

ところが、到底手が届くものではないと思っていた白い帽子と白い洋服と白い靴とが、いま目の前にある。しかも、それが全部自分のものになるのだという。チサは、あまりにも幸運な自分をちょっと痛めつけないではいられなくなって、両手をいきなり頭に上げると、指に触れてきた髪の毛を握れるだけ握ってきりきりと左右に引っ張った。

「どうしたんだ？　嬉しくないのか？」

父親が顔を曇らせていった。急いでかぶりを振ると、握ったままの髪からリボンが一つ抜けてきた。

「だったら、髪をきちんとして。そんな頭じゃ、このお帽子は似合わないよ。」

「いまかぶるの？」

「かぶってみるさ、大きさが合うかどうか。」

帽子も靴も、すこし大き目だったが、我慢できないほどではなかった。父親に手伝って貰ってワンピースに着替えてみると、これは誂《あつら》えたようにぴったりであった。父親は、ほっとしたように、うしろ手を突いて眺めた。

「可愛いよ。よく似合う。」

大きな鏡があればよかったのに、とチサは思った。家には鏡台も姿見もない。女気がないからそうなのではなくて、母親が生きていたころから鏡台も姿見もなかった。チサは、母親が鏡に向って化粧をしているところなど見たことがなかった。母親は、年中病院通いをしていて勤めも休みがちな父親の代わりに、なりふり構わず働いていたのだ。

「外へ出ちゃいけない？」

「これから？　外はもう暗いよ。それに、汚すといけないから。」

チサは、帽子もワンピースも靴も、脱ぐのが惜しくなっていた。

「今度は、いつ着るの？」

「あさって。」

「あさって、これ着て、どこへいくの？」

「母ちゃんとこへだよ。」

「……お星さまへ？」

と、チサは目をまるくしていった。日頃、死んだ母親は星にいて自分たちを見守っているのだと、父親にそういい聞かされていたからである。

父親は、目をしばたたくと、急にうつむいて靴下を脱ぎはじめた。

「お星さまへ、いきたいか？」

「……また戻ってこれる？」

と、すこし考えてからチサはいった。

父親は、なにもいわずにネクタイを弛《ゆる》めると、部屋の隅へ立っていって、チサに背中を向けたまま着替えをしながら、

「お墓参りにいくんだよ、母ちゃんの。あさっては命日だろう？」

それでわかった。おめかしをして、随分大人になったところを母親に見せにいくのだ。

「このハンドバッグも持って？」

「そう。」

「それから……。」

とチサはいいかけて、口を噤《つぐ》んだ。墓参りに、人形や水筒が要るものだろうか。そう思っていると、父親の方から、

「人形や水筒やキャンデーはな」といった。「墓参りを済ませたら矢ノ浦へ連れてってやるから、そのとき持っていくといい。」

チサは、素足に大き目の靴を履いていることも忘れて、あやうく飛び上るところだった。矢ノ浦というのは、町から汽車で二時間ほどの城跡のある市で、市内には動物園や遊園地もあるし、海にも近い。チサは、保育園の仲間たちが自慢そうに矢ノ浦での見聞を話すのを聞いて、自分もいちどはそこへいってみたいものだと思っていたのだ。

「さあ、そろそろ脱がなくっちゃ。」と、父親がどてらの帯を締めながらいった。「父ちゃん、顔を洗ってくるから、そしたら大事に畳んで簞笥に仕舞って、飯にしような。」

ひとりになると、チサはこわごわビーズのハンドバッグを手に取って、それを胸に押し当ててみた。すると、空《から》だとばかり思っていたバッグの底で、なにやら指先に固

く触れてくるものがあった。口金を開けて、覗いてみると、不思議なものが入っていた。何十とも知れない小粒なガラス玉を、紫色の太い糸で綺麗に繋いで、輪にしたものが入っていた。輪の結び目のところが可愛らしい房になっている。

チサには、それがなんなのかわからなかった。腕輪にしては大きすぎるし、首飾りにしてはとても頭が通らない。すると、こうしてバッグの底にそっと沈めておくものだろうか、お守りみたいに――台所から洗面器の水を流しへこぼす音がきこえてきたので、チサは、急いでそのガラス玉の輪をバッグに戻して、口金を閉じた。

二

母親の命日の朝、寺へいって、初めてハンドバッグに入っていたガラス玉の輪が数珠だとわかった。本堂でお経を上げて貰うとき、父親が自分でその輪を取り出して、合掌しているチサの手の親指の股のところに黙って掛けてくれたからである。父親も、いつのまにか黒っぽい数珠を、おなじように合掌した手の親指の股のところに掛けていた。

数珠なら、母親のとむらいのときに、団栗《どんぐり》の実や小豆粒を繋いだようなのを見かけた憶えがあるが、こんな首飾りにしてもいいような数珠もあるとは知らなかったのだ。

随分念入りなお経で、ゆうべ遅くまで寝つかれなかったチサは、堪え切れずに大きなあくびを二つした。ゆうべは、どうしたことか胸の太鼓がいつまでも鳴り止まなくて、困った。ようやくそれにも聞き馴れて、うとうとすると、今度は父親が便箋を一枚ずつぱりぱりと剝《は》ぎ取る音で、何度も目を醒ました。父親は、家のなかをきちんと片付けてチサを寝かせてしまうと、飯台にどてらの背中をまるくして手紙を書きはじめ、一体何人に書くつもりなのか、ぱりぱりと便箋を剝ぎ取る音がいつまでも止まなかった。時々、くしゅん、くしゅん、と鼻を鳴らすので、チサは、鼻風邪ではないかしらん、また熱でも出たら明日の矢ノ浦行きはどうなるのだろうと、そんなことを気にしているうちに、いつしか深く眠ったが、今朝になってみると、ありがたいことに、父親は持病で白くむくんでいるだけで鼻はなんともなくなっていた。

お経が済んで、本堂から墓地へ移るとき、住職が歩きながらチサの頭に手を置いて、「大きくなったね。この二年の間に随分大人になった。」といった。それから、父親に、「近頃、腎臓の方はどうです？」と訊いた。「はあ、それが、相変らずでして……どうもはかばかしくありません。」と父親は答えた。「腎臓は長くかかりますからねえ。気長に、辛抱強く養生するしかありませんな。」と住職はいったが、母親の死後、父親は碌《ろく》に病院通いも勤めを休むこともできなくなっている。「それにしても、大変ですなあ、ひとりで父親と母親の役をするのは。」と、すこし間を置いてから住職はいって、つづけてなにかいいたげに見えたが、結局なにもいわずに、またチサの頭に手を置いた。父親も、それきり口を噤んでいた。

住職が先に墓を離れてからも、父親は、尻の先が苔《こけ》に触れそうなほど深くしゃがんで、長いこと拝んだ。チサは、痺れがきれそうで、途中でいちど立ち上ってから、またしゃがみ直した。父親は、いつものように、なにかぶつぶつと聞き取れない呟きを洩らしながら拝んでいたが、チサは、また父親はおなじ詫び言を繰り返している、と思いながらその呟きを聞いていた。母親は、ちょうど二年前の雨降りの晩に、働きに出ていた製麺工場からバイクで帰ってくる途中、橋のたもとで大型トラックを避けようとしてハンドルを切り損ね、下の河原へさかさまに落ちて頸《くび》の骨を折って死んだのだが、父親はそれを自分のせいにして、母親を拝みながら時々、「おまえ、勘弁してくれや。俺が悪かったよう。」と、はっきり聞き取れる声で詫びるのである。

ところが、けさは、長い呟きのあとで、

「母ちゃんよ、俺、もう、くたびれっちまった。」

独り言のようにそういうと、不意に合掌していた両手を膝の間にだらりと垂れてしまったので、チサはびっくりした。

それは、困る。これから水筒を提げて矢ノ浦まで足を伸ばそうというときに、もうくたびれてしまったのでは困る。

「もういこうよ、父ちゃん、矢ノ浦へ。」

と、チサは父親の肩を揺さぶっていった。

「そうだな。じゃ、いこうか。」

父親は、両手でつるりと顔を撫で下ろすと、くたびれているわりにはさっさと立ち上った。

汽車で矢ノ浦市に着いたのは、昼すこし前であった。さいわい、いい天気に恵まれて、晩春にしては日ざしが暑いほどだったが、それでもまだ白いものを着るには早すぎて、白ずくめのチサは人目を引いた。駅前の食堂に入ると、サンドイッチを運んできたウェートレスが、「あら綺麗。ウェディングドレスみたいね。」といった。チサは上気して、赤い顔になっていた。

まず城跡を見てから、動物園や遊園地のある公園に回り、それから海を見にいくことにして、広場でバスを待っていたとき、チサは、

「父ちゃん、忘れもの。」

といって、そばのポストを指さして見せた。

さっき食堂で、荷物になる水筒や人形を父親のしなびたボストンバッグに預けるとき、その底の方に、ゆうべ書いた手紙らしい真新しい封筒が何通か入っているのが見えたからである。けれども、父親は、

「うん……まだ切手を貼ってないから。」

呟くようにそういったきり、動物園にいる動物の種類を指折り数えはじめた。

その日は、週末でも祭日でもなかったせいか、昼下がりの動物園は閑散としていて、けものの匂いばかりがきつかった。ようやく新芽を吹き出した木立のなかの遊歩道を歩いていくと、両側に点在している大小の檻《おり》のなかから、足音を聞きつけた鳥やけものたちが首をもたげて、じっとこちらを見詰めている。チサは、そっとうしろを振り向いて、動物を見にきた自分たちが逆に大勢の動物たちに見詰められているのに気がついたとき、思わず繋いでいた父親の手を強く握り締めた。

「父ちゃん、こわい。」

「こわくなんかないさ。父ちゃんが一緒だろう？」

父親は、真顔でチサの手を握り返した。

遊園地の方にも、二人のように勤めや保育園を休んで遊びにきているらしい親子連

れなど見当らなくて、停まったままの展望車に鳶《とんび》が羽根を休めていた。チケット売場の窓口で、乗物は客が何人集まれば動くのかと尋ねると、一人でもあれば動かしますという返事であった。

「全部に乗せてやりたいけど、それじゃ動かす方に悪いからな。一つ選んで、そいつに乗るか。どれがいい？」

そう訊かれても、どれもが初めてのチサは目移りがして、一つを選ぶのは難しかったが、結局、賑やかな飾りに釣られてメリー・ゴー・ラウンドを選んだ。

「そうだな。女の子にはあれがいい。あれにたっぷり乗せてやろう。」

父親はそういって、メリー・ゴー・ラウンドのチケットばかり七回分も買った。

サーカスのテントに似た形の屋根の下には、色とりどりの豆ランプが点滅していて、床の円板には光る真鍮の棒に背中を縦に貫かれた木馬が全部で十二頭、二列になって輪を描きながら王様の馬車を引いている。軒下の電話ボックスみたいな小屋のなかには緑色の上っ張りを着た初老の女従業員がいて、父親がいきなり七回分のチケットを出すと、あたりを見回して怪訝そうな顔をした。

「……七人さん？」

「いいや、私ら二人だけ。」と父親がいった。「最初の一回は私も乗るけど、あとの分はこの子を乗せてやってください。」

チサは、十二頭のうちから、着ているものに合わせて白馬を選ぶと、父親に抱き上げて貰って跨《また》がった。やがて、頭の上でかすれたオルゴールの音楽が鳴りはじめ、ごとりと円板が動き出した。馬は、真鍮の棒ごと、ゆっくり上ったり下ったりする。父親はそばに立って軀を支えていてくれたが、二周もすると簡単に馴れて、父親の手を借りることもなくなった。一回分が呆気なく済んだ。

「よし、今度は父ちゃんも乗ろうかな。」

二回目は、父親も隣の縞馬《しまうま》に跨がった。チサの白馬が飛び上れば、父親の縞馬は沈む。縞馬が飛び上れば、白馬は沈む。父親は飛び上るたびに、風を切る音のつもりなのか口を章魚《たこ》のように尖らせて、「ひょーっ。」というので、チサは笑わずにはいられなかった。チサの笑い声が、人気のないメリー・ゴー・ラウンドのまわりに響いた。

三

海へいくには、いったん街まで戻らなければならなかった。街でバスを降りると、近くのレストランへ入って二階に上った。そのレストランは、驚いたことに壁が鏡になっていて、チサは初めて自分の目で盛装した自分の姿を見ることができた。帽子を脱ぐと、前髪が汗で額に貼りついていた。随分歩いたので、すっかり腹が空いていた。

なんでも好きなものをと父親にいわれて、チサは、オムライスと、フルーツサラダと、チョコレートパフェをとって、別に父親と二人でピッザというのを一と皿とった。父親の方は、食欲がなくて、ピッザを肴に珍しくビールを、見る見る目のまわりを赤くしながら一本だけ飲んだ。

「ほかになにか食べたいものはないか？　海の空気はおなかが空くよ。」

父親はしきりにそういったが、そんなに食べられるものではない。チサは腹がくちくなって、タクシーのなかでうとうとしたが、浜でひんやりとした潮風に当ると、忽《たちま》ち眠気が醒めてしまった。浜といっても、矢ノ浦の海岸はほとんどごつごつとした岩浜ばかりで、ところどころに断崖が高く切り立っている。チサは、そこでも父親に手を引かれて、随分歩いた。父親は、めっきり口数がなくなって、どこへいくでもなく、なにを見るでもなく、探しものでもしているように時々立ち止まってはあたりを見回しながら、ただ黙々と歩いていた。

陽が裏山に隠れてしまうと、浜は急に薄暗くなって、風が冷たさを増した。チサは淋しくなって父親に話しかけたが、父親は生返事しかしてくれない。それでも、不意に波しぶきを浴びたりして、「父ちゃん、こわい。」というと、昼に動物園でそうしたように手を強く握り返して、「こわくない。父ちゃんと一緒なら、どんなところへいったってこわくない。」と、叱るように父親はいった。

それにしても、父親にしっかりと抱かれたまま細い坂道を登り詰めて、茨のなかを漕ぐようにして崖縁の方へ近寄ったときは、チサはやっぱりこわくて踠《もが》き出しそうになった。

「父ちゃん、こわい。」

「こわくない。父ちゃんも一緒だ。」

「……こわい。」

「こわくない。」

それでもこわくて、のけぞると、暮れ方の空に白く光っている一番星が目に入って、「あ、母ちゃん」チサは思わずそういった。「母ちゃんが、あそこで見てる。」

父親は、急に立ち止まった。チサは黙って一番星を指さして見せた。父親は肩で大きな吐息をした。それから、チサは、急に弛んだ父親の腕の輪から抜け落ちて、茨のなかに尻餅をついた。

――その晩、もう帰りの汽車には間に合わなくて、仕方なく泊ることになった浜の旅館で、チサは、おかしな夢を見た。仄暗い野原のようなところをひとりで歩いていると、昼に遊んだメリー・ゴー・ラウンドの木馬たちが、蹄《ひづめ》の音も軽やかにあとを追いかけてくる夢である。

「あら、どうしたの？」

と立ち止まると、十二頭の木馬たちはチサを取り囲むようにぐるりと鼻面を並べて、ゆっくりゆっくり近づいてくる。

「そうか、逃げてきたのね、あんたたち。」

そういっても、木馬たちは黙っている。

「どうして逃げてきたの？　時々こうして遊びに出るの？　でも、どうやってあの真鍮の棒から外れてきたの？」

つづけざまにそう訊いても、黙っている。黙ったまま、木馬たちはだんだん鼻面の輪を縮めてきて、最初の鼻息が頬に触れたところで、チサは目醒めた。すると、思いがけなく、父親の顔がすぐ目の前に見えた。あ、父ちゃん、というと、その顔が忽ち遠退いた。起き上ってみると、父親は、浴衣の前をはだけて枕許にあぐらをかいていた。

「……馬は？」

と、チサはあたりを見回していった。

「馬？」

「ほら、遊園地の。」

「……ああ、メリー・ゴー・ラウンドの木馬か。」

「いまここにいたんだけど。」

「そんなものはいやしないよ。夢を見たんだろう。」

けれども、そういう父親のすっかり血の気の失せた顔も、チサには夢に出てきた木馬たちとおなじくらい不思議に思えて、

「父ちゃんは？　なにしてたの？」

「俺か。俺は、いま、寝るところだ。」

父親は、そそくさと浴衣の前を掻き合わせながら、ぎごちなくそういうと、手に持っていた細い帯を急いで腰に巻きつけて、

「消すよ。」

スタンドのスイッチを切ってから隣の寝床へ這うようにしてもぐり込んだ。それきり、いつまでも寝息がきこえない。遠くで雷が鳴っている、と思ったのは、岩浜に砕ける波の音であった。チサは、すっかり目が冴えてしまった。

「父ちゃん、そっちへいっていい？」

返事がないのは、好きにしろという合図だとチサは思い、這い出していって、父親の背中の蔭に滑り込んだ。すると、父親の顫えがすぐに伝わってきた。父親の、肩と背中がひどく顫えていた。

「父ちゃん、寒いの？」

今度も返事はなかったが、こんな真夜中に、浴衣の前をはだけて畳の上にあぐらをかいていたりするからだと、チサは思った。それから、死んだ母親が冬の寒い晩などによくそうしてくれたように、父親の顫える背中に自分の軀の前をぴったりと貼りつけるようにして、チサは目をつむった。

とんかつ

須貝はるよ。三十八歳。主婦。
同　直太郎。十五歳（今春中学卒業）。

宿泊カードには痩せた女文字でそう書いてあった。住所は、青森県三戸《さんのへ》郡下の村。番地の下に、光林寺内とある。

近くに景勝地を控えた北陸の城下町でも、裏通りにある目立たない和風の宿だから、こういう遠来の客は珍しい。

日が暮れて間もなく、女中が二人連れの客だというので、どうせ素泊りの若い男女だろうと思いながら出てみると、案に相違して地味な和装の四十年配の女が一人、戸口にひっそり立っている。連れの姿は見えない。

女は、空きがあれば二泊したいのだが、といった。言葉に、日頃聞き馴れない訛りがあった。

「お一人様で？」

「いえ、二人ですけんど。」

女は振り返って、半分開けたままの戸の外へ鋭く声をかけた。ちゃんづけで名を呼んだのが、なおちゃ、ときこえた。青白い顔の、ひょろりとした、ひよわそうな少年が戸の蔭からあらわれて、はにかみ笑いを浮かべながらぺこりと頭を下げた。両手に膨らんだボストンバッグを提げている。もう三月も下旬だというのに、まだ重そうな冬外套のままで、襟元から黒い学生服が覗いている。そういえば、女の方も厚ぼったい防寒コートで、首にスカーフまで巻いていた。

「これ、息子でやんして……。」

女もはにかむように笑いながら、ひっつめ髪のほつれ毛を耳のうしろへ掻き上げた。

初めは、近在から市内の高校へ受験に出てきた親子かと思ったが、女中によれば、高校の入学試験は半月も前に済んだという。そんなら、進学準備の買物だろうか。下宿探しだろうか。それとも、卒業記念の観光旅行だろうか——いずれにしても、二泊三日とは豪勢な、と思っていたが、書いて貰った宿泊カードを見ると、なんと北のはずれからきた人たちである。

　これは、ただの物見遊山《ものみゆさん》の旅ではあるまい。宿泊カードの職業欄に、主婦、とか、今春中学卒業、などと書き入れるところを見ると、あまり旅馴れている人とも思えないが、どうしたのだろう。

「まさか、厄介なお客じゃないでしょうね。」

　と女中が声をひそめていった。

「厄介な、というと？」

「たとえば、親子心中しにきたなんて……。」

「阿呆《あほ》らしい。」

「だけど、あの二人、なんだか陰気で、湿っぽいじゃありませんか。めったに笑顔を見せないし、口数も妙にすくないし……。」

「それは田舎の人たちで、こんなところに泊るのに馴れてないから。第一、心中なんかするつもりなら、なんでわざわざこんなとこまで遠出してくるのよ。」

「ここなら、近くに東尋坊《とうじんぼう》もあるし、越前岬も……。」

「景色のいい死に場所なら、東北にだっていくらもあるわ。それに、心中する人たちが二晩も道草食う？」

「案外、道草じゃないかも、奥さん。まず、明日は一日、死に場所を探して、明後日はいよいよ……。」

「よしてよ、薄気味悪い。」

勿論、冗談のつもりだったが、翌朝、親子が、食事を済ませると間もなく外出の支度をして降りてきたときは、ぎくりとした。母親は手ぶらで、息子の方が凋《しぼ》んだボストンバッグを一つだけ手に提げている。

「お出かけですか。」

「はい……。」

この親子は、なにを話すときでも、きまってはにかむような笑いを浮かべる。客のことで余計な穿鑿《せんさく》はしないのがならわしなのだが、つい、さりげなく、

「今日は朝から穏やかな日和《ひより》で……どちらまで？」

と尋ねないではいられなかった。

「え……あちこち、いろいろと……。」

母親はそう答えただけであった。あやうく、東尋坊、と口に出かかったが、

「もし、郊外の方へお出かけでしたら、私鉄やバスの時間を調べてさし上げますが。」

といって顔色を窺《うかが》うと、

「いえ、結構で……交通の便は発つ前に大体聞いてきましたすけに。日暮までには戻ります。」

母親は、別段動じたふうもなくそういうと、んだら、いって参ります、と丁寧に頭を下げた。


親子は、約束通り日暮前に帰ってきたが、それを玄関に出迎えて、思わず、あ、と驚きの声を洩らしてしまった。母親は出かけたときのままだったが、息子の方は、髪を短く伸ばしていた頭がすっかり丸められて、雲水のように青々としていたからである。

あまりの思いがけなさに、ただ目を瞠《みは》っていると、

「まんず、こういうことになりゃんして……やっぱし風が滲《し》みると見えて、嚔《くしゃみ》を、はや三度もしました。」

母親は、仕方なさそうに笑って息子をかえりみた。息子の方はにこりともせずにうつむいて、これまた仕方がないというふうに青い頭をゆるく左右に振っている。どうやら、どちらも納得ずくの剃髪《ていはつ》らしく、

「なんとまあ、涼しげな頭におなりで。」

と、ようやく声を上げてから、ふと、宿泊カードに光林寺内とあったのを思い出した。

「それじゃ、こちらがお坊さんに……?」

「へえ、雲水になりますんで。明日から、ここの大本山に入門するんでやんす。」

母親は目をしばたたきながらそういった。

それで、この親子にまつわる謎がいちどに解けた。大本山、というのは、ここからバスで半時間ほどの山中にある曹洞宗の名高い古刹《こさつ》で、毎年春先になると、そこへ入門を志す若い雲水たちが墨染めの衣《ころも》姿で集まってくる。この少年もそのひとりで、北のはずれから母親に付き添われてはるばる修行にきたのである。

それにしても、頭を丸めた少年は、前にも増してなにか痛々しいほど可憐に見えた。さっき青々とした頭に気づいたとき、まるで雲水のような、とは思ったものの、本物の雲水になるための剃髪だとは思いも及ばなかったのは、そのせいだが、母親によると、得度さえ済ませていれば中学卒で入門が許されるという。

けれども、ここの大本山での修行は峻烈を極めると聞いている。果してこの幼い少年に耐えられるだろうかと、他人事《ひとごと》ながらはらはらして、

「でも……お母さんとしてはなにかと御心配でしょうねえ。」

といらと、

「なに、こう見えても芯の強い子ですからに、なんとか堪《こら》えてくれましょう。父親も見守ってくれてます。」

母親は珍しく力んだ口調で、息子にも、自分にもいい聞かせるようにそういった。

——息子が湯を使っている間、帳場で母親に茶を出すと、問わず語りにこんなことを話してくれた。自分は寺の梵妻《ぼんさい》だが、おととしの暮近くに、夫の住職が交通事故で亡くなった。夫は、四、五年前から、遠い檀家の法事に出かけるときは自転車を使っていたが、町のセールスマンの口車に乗せられてスクーターに乗り換えたのがまずかった。凍てついた峠道で、スリップしたところを大型トラックに撥《は》ねられてしまった。跡継ぎの息子はすでに得度を済ませていたが、まだ中学二年生である。仕方なく、町にあるおなじ宗派の寺に応援を仰いでなんとか急場を凌《しの》いできたが、出費も嵩《かさ》むし、いつまでも住職のいない寺では困るという檀家の声も高まって、一刻も早く息子を住職に仕立てないわけにはいかなくなった。住職になるには、大本山で三年以上、ほかに本科一年間の修行を積まねばならない。ゆくゆくは高校からしかるべき大学へ進学させるつもりだったが、もはやそんな悠長なことはいってはいられない。十五で修行に出すのは可哀相だが、仕方がなかった。

自分は明日、息子が入門するのを見届けたら、すぐ帰郷する。入門後は百日面会はできないというが、里心がつくといけないから面会などせずに、郷里で寺を守りながら、息子がおよそ五年間の修行を終えて帰ってくるのを待つつもりでいる……。

「それじゃ、息子さんは今夜で娑婆《しゃば》とは当分のお別れですね。お夕食はうんと御馳走しましょう。なにがお好きかしら。」

そう訊くと、母親は即座に、

「んだら、とんかつにして頂きゃんす。」

といった。

「とんかつ……そんなものでよろしいんですか？」

「へえ。あの子は、寺育ちのくせに、どういうものかとんかつが大好物でやんして……。」

母親は、はにかむように笑いながらそういった。

だから、夕食には、これまででいちばん厚いとんかつをじっくりと揚げて出した。

しばらくすると、給仕の女中が降りてきて、

「お二人は、しんみり食べてますよ。いま覗いてみたら、お母さんの皿はもう空っぽで、お子さんの方はまだ食べてます。お母さんは箸を置いて、お子さんがせっせと食

べるのを黙って見てるんです。」

といった。


それから一年近く経った翌年の二月、母親だけが一人でひょっこり訪ねてきた。面会などしないと強気でいても、やはり、いちど顔を見ずにはいられなくなったのだろうと思ったが、そうではなかった。修行中の息子が、雪作務《ゆきざむ》のとき僧坊の屋根から雪と一緒に転落し、右脚を骨折して、いまは市内の病院に入院しているのだという。

「もう歩けるふうでやんすが、どういうことになっているやらと思いましてなあ。」

相変らず地味な和装の、小鬢《こびん》に白いものが目につくようになった母親は、決して面会ではなく、ただちょっと見舞いにきただけだといった。

息子の手紙には、病院にきてはいけない、夕方六時に去年の宿で待っているようにとあったというから、

「じゃ、お夕食は御一緒ですね。でも、去年とは違いますから、なにをお出しすればいいのかしら。」

「さあ……修行中の身ですからになあ。したが、やっぱし……。」

「わかりました。お任せください。」

と引き下って、女中にとんかつの用意をいいつけた。

夕方六時きっかりに、衣姿の雲水が玄関に立った。びっくりした。わずか一年足らずの間に、顔からも軀つきからも可憐さがすっかり消えて、見違えるような凜とした僧になっている。去年、人前では口を噤んだままだった彼は、思いがけなく錬《ね》れた太い声で、

「おひさしぶりです。その節はお世話になりました。」

といった。それから、調理場から漂ってくる好物の匂いに気づいたらしく、ふと目を和ませて、こちらを見た。

「……よろしかったでしょうか。」

彼は無言で合掌の礼をすると、右脚をすこし引きずるようにしながら、母親の待つ二階へゆっくり階段を昇っていった。

もしかしたら、どこか内臓をわずらっているのかもしれない。それとも、血圧の具合でも思わしくないのだろうか。なにしろ、さかんなころには、この地の花街の売れっ妓《こ》に子を産ましたほどの道楽者だから、いまでも相当な飲み手に違いなかろうと思われるのに、問い合わせてみると、案に相違して、会うなら白昼、しかも場所は街なかのフルーツ・パーラーがよろしかろうということである。いずれ昔馴染みの待合か、そうでなければ花街の路地の奥にある気の利いた小料理屋の二階あたりで落ち合って、宵の口からしんみりと御対面——というつもりでいたのが、すっかり当てが外れてしまった。

街のフルーツ・パーラーなら、もう二十年も前のことになる半玉《はんぎょく》のころに、朋輩《ほうばい》たちと誘い合わせて稽古帰りによく寄ってお喋りにふけったものだが、まさか四十近くになったいまごろ、あんな明るい賑《にぎ》やかな店に初対面の父親と向い合ってストローをくわえることになるとは思わなかった。

冬が間近だとは思えぬような小春日和《びより》で、踊りの稽古着にしている母親ゆずりの山《やま》繭紬《まゆつむぎ》では歩いているうちに汗ばみそうだったが、母親によれば、この紬は先年あのひとが信州旅行で気に入って土産に買ってきてくれたものだから、いい目印になるはずだという。あのひと、とは、これからフルーツ・パーラーへ会いにいく実の父親のことである。

「着物にはうるさいひとだったからね。あのひとが惚《ぼ》けていなければの話だけどさ。」

母親は長火鉢のふちを人差指の腹で意味もなくこすりながら、そんなことをいう。もう七十なのに、頬骨のいただきにうっすら赤味がさしている。

なにをするにも和服ばかりで、ろくな洋服の持ち合わせがないし、軀も和服に馴染んでしまって、もはや洋装にはすっかり自信を失っている。仕方なく、蛙の子は蛙と諦めて、クリーム色の地に茶と紺の縞模様の山繭紬に薄茶の帯をきつ目に締めた。

台所の天窓からさし込む日ざしが強い。小桃は、冷蔵庫を開けて、

「小娘じゃあるまいしさ。フルーツ・パーラーへ死んだと思っていた父ちゃんに会いにいくなんて……。」

と小声で愚痴をこぼしながら、氷のかけらを一つ口のなかへ放り込んだ。隅の方で冷えている大吟醸の清酒がちょっとうらめしかった。

もう長いこと、父親の名は亀之助で、自分がまだほんの幼児のころに病死したのだと思い込んでいたのは、母親にそう教えられていたからである。実際、家の仏壇には、頭を角刈りにして黒っぽい和服を堅苦しく着た初老の男のちいさな写真が飾ってあって、母親はそれを死んだ父親の遺影だと教えた。寺にある墓石は、古い上に随分もろい石質だと見えて、側面に刻まれている小文字の大半は苔《こけ》と磨滅で判読もむつかしいが、亀之助という名だけははっきりと読める。

小桃は、仏壇の写真を覗き見ては、子供心にも、父親にしてはちと齢をとりすぎているような気がしたものだが、男というものは、時として相当な齢になってからでもまだ父親になれるものであるらしい。母親は、自分が小桃を産んだとき父親はちょうど還暦だったといっていた。

ところが、この秋口に、思わぬことから自分が長年母親に騙されていたのに小桃は気づいた。自分の実の父親は、亀之助ではなくて松蔵で、その松蔵という人物はおそらくいまでもこの世のどこかに生きているのである。

そんなことがどうしてわかったのかというと、旅券《パスポート》の取得に必要な戸籍抄本を市役所へ貰いにいって、帰りに中庭のベンチで隅々まで読んでしまったからである。急に旅券など用意することになったのは、時々大尽遊びをしにくる東京の不動産屋が地価の高騰に乗じて一儲《ひともう》けしたと見えて、小桃をはじめ馴染みの妓を三人、香港《ホンコン》へ連れてってやろうといい出したからだ。

小桃は海外旅行など初めてで、帰ると声を弾ませて母親に話した。さっそく旅券というものを用意せねばならぬことも話した。けれども、戸籍抄本のことは、それが旅券を取るために必要だとも知らなかったから、話さなかった。母親の方も知る由がない。

市役所へは、清元《きよもと》の稽古の帰りに茶々と二人でいった。見ていると、おかしなもので、戸籍係から謄本や抄本を受け取った人々は、ほとんど例外なく、担任の教師から通知表を貰った小学生のように、なんとなく不安そうな顔つきで背中をまるめ、細目に開けて中身をちらと覗き見てから、そそくさと立ち去っていく。

茶々の方が先に名を呼ばれた。内田友恵さん、と本名を呼ばれて、茶々は一瞬きょとんとしていたが、すぐに、あ、あたし、といって椅子から立っていった。抄本は便箋ぐらいの大きさの一枚の紙であった。茶々は、なにかの免状でも貰ったかのように浮き浮きと、受け取った抄本を親指と人差指の先でつまんでひらひらさせながら戻ってきたが、その抄本の片面には思いがけないほど多くの文字がぎっしりと書き込まれているのが、小桃にも見えた。茶々が生まれながらにして引きずっている目に見えない厄介事が文字に化けて列をなしているように見えた。

茶々もそれに気づいて、真顔になると、立ったまま背中をまるめてほんのすこしだけ読んだ。それから、抄本を握り潰すようにまるめると、眉間《みけん》に皺を拵《こしら》えて、

「悪いけど、今日はおらをひとりで帰らせてな。なにかしらん、急に気分が悪くなった。んだら、お先にな。」

といって、逃げるように小走りに帰っていった。

それを、なんとなく気の毒な思いで見送っていると、小桃もやはり本名で、酒井時子さん、と呼ばれた。小桃は、自分の戸籍抄本を見るのは初めてだったが、一と目で、父親の名を書き入れる欄が空白になっているのに、まず気がついた。隣の母という欄には、酒井きんとはっきり母親の名が書き入れてある。だから、父という欄には亀之助となければならないのだが、なにもない。空白のままである。

小桃は、中庭へ出て日蔭のベンチに腰を下ろした。罫《けい》の間に並んでいるこまごまとした毛筆の文字の数は、茶々のに比べて格段にすくなかったが、落ち着いて読んでみ

ると、茶々を気の毒がってばかりもいられないことがわかった。

第一行目には、生年月日や出生地の所《ところ》番地を母親が届け出たという記述があり、次の行には、それから十日ほどして父小野松蔵が認知の届け出をしたという記述があった。父小野松蔵が突然出てきたので小桃はびっくりして目を瞠《みは》り、その第二行目を何度も繰り返し読んだ。

その晩、小桃は母親に白状させた。手間は掛からなかった。

「お母ちゃん、いったい、どういう魂胆？」

と流し目に見て、前に戸籍抄本をひろげて見せるだけでよかった。

母親によれば、亀之助というのは母親自身の父親で、小桃を産ませたのは抄本に記載されている通り小野松蔵だが、その後、その松蔵と縁が切れたこともあり、ゆくゆくは置屋を継がすつもりの娘には男親などかえって邪魔になるばかりだと思って、死んだと教えていたのだということであった。

「じゃ、いまでも健在なのね、父ちゃん。」

「健在かどうかはともかく、死んだちゅう噂は聞かねすけにな。はや八十は越したろう。」

母親は、相手の居所や消息を知っているのだろうが、昔気質《かたぎ》にそんな素振りはすこしも見せなかった。

「会わせてな、いちど。」

「いまさら会《お》うて、どうするってな。」

「会うてどうするということもないけんど、父娘《おやこ》がお互いに生きとるのに顔も知らずにいるというのも気掛かりなこったえ。こっそり連絡とって、会わせてな。」

「癖になったりすれば、先様に迷惑じゃからのう。」

「癖になるような年頃、とうに過ぎたせ。」

「んだら、一遍こっきりよ。」

「約束する。これがおらの父ちゃんかとつくづく顔を見れば気が済むの。」

それでは街のフルーツ・パーラーで、短時間なら、と返事がきたのは、香港旅行から帰って間もなくであった。


母親は曖昧な思い出話をするばかりで、初めて落ち合う相手の特徴をいっこうに教えてくれなかった。確実なのは、相手が八十過ぎの老人で、中肉中背で、以前から街へ出るときは灰色のソフト帽で髪の薄い頭を隠すのがならわしだったということだけである。小桃は、せめてそのソフト帽を目印にすることにして、約束の時間より早目に着くように家を出た。相手が先に着いてソフト帽を脱いでしまえば唯一の目印がなくなってしまうのだ。

繁華街の角にある広いフルーツ・パーラーで、日和のせいか、ウィークデーの午後だというのに店内は予想以上に立て込んでいた。ほとんどが女の客だったが、なかに二人だけ男の老人が混じっていて、一人は連れ合いらしい老婦人と並んでアイスクリームを舐《な》めていた。もう一人は近在から出てきた人らしく、手編みの厚ぼったいジャケツの上に早くもチョッキを重ね着した態《なり》で、時々虫眼鏡を用いながらのんびり新聞を読んでいる。

小桃は運よく入口の近くに空席を見つけて、そこから一枚ガラスのドアを押して入ってくる人々を注視していた。いまはもはや灰色ではないかもしれぬが、ともかくもソフト帽をちょいと斜めに傾けて、首には渋い水玉模様かなんぞのアスコット・タイを形よく巻いた瀟洒《しょうしゃ》な老人だったら、どうだろう。小桃は、珍しく胸がときめいてきた。

――不意に、うしろから肩を軽く叩く者がいた。小桃は振り返った。思いがけないことに、奥で新聞を読んでいたジャケツの老人がいつの間にか背後に立っていて、眩《まぶ》しそうに目をしばたたきながらもっと思いがけないことを口にした。

「お前《め》さん。時子だえ？　その紬を着ているところはおふくろの若いころにそっくりだ。ま、あっちのテーブルさ来いちゃ。」

小桃はちょっとの間、呆気にとられて老人の赤い鼻を見詰めていた。それから、弾《はじ》かれたように椅子から立ち上って奥へ引き返す老人に従った。自分は確かに時子であり、自分を時子と呼ぶ老人は自分の父親しかいないのである。

「せば……」と小桃は、奥のテーブルに向い合ってからも老人の日焼けした皺深い顔から目を離せずにいった。「あんたさんは、小野松蔵さんで？」

「んだ。」と老人は頷いた。

「おいたあ」と小桃は驚き呆《あき》れる小声を洩らした。「ほんに、松蔵さんで？」

「んだ。ほんにせ。」

老人は人の好《よ》さそうな笑いを顔いっぱいに浮かべ、小桃も釣られて笑顔になった。畳んだ新聞の上に、形が崩れてリボンも色褪《いろあ》せた褐色のソフト帽がのっている。小桃は、父親が気取った老紳士でなくて、かえってほっとしていた。

「お前《め》は、なんにする？」

ウエイトレスに手を上げて父親がいった。

「父ちゃんは？」

小桃は思わずそういって、うろたえた。いい齢をして、忽《たちま》ち涙ぐんだからである。

「我《わ》だらクリーム・ソーダせ。」

「んだら、おらもクリーム・ソーダ。」

と、四十女が椅子に軀を弾ませていった。

二人は緑色の甘いソーダ水をストローで飲んだ。父親が物柔かな口調でいった。

「怨《うら》みでもあらば、なんでも喋れや。」

小桃は急いでかぶりを振った。なにも怨みを訴えにきたのではない。けれども、それ以外の言葉もなに一つ口から出てこなかった。二人はただ、どちらも無言のままたっぷり時間をかけて一杯のクリーム・ソーダを飲んだだけであった。

別れるとき、父親はテーブルの下から、握りが太くて先細りになっている、ねじれたステッキのようなものを取り出した。全体が油紙に包まれていて、麻紐で螺旋《らせん》状にしばってある。

「これはな、じねんじょだけんど。」

「いい、いい、じねんじょ？」

と父親はいった。

「山の芋よ。今朝、おらが早起きして、自分で山から掘ってきた。これを土産に持って帰ってけれ。お前《め》のおふくろはこのじねんじょが好物でな。精がつくから、これで売れっ妓のころを凌《しの》いだものよ。ま、二人で麦とろにでもして食ってけれ。」

　フルーツ・パーラーを出ると、二人は潔く右と左に別れたが、まだ何歩も歩かぬうちに、小桃は父親に呼び止められた。

「そうステッキみたいに持って歩いちゃ、なんね。じねんじょの命は根っこの先にあってな。途中で折らずに、根っこの先までそっくり掘り出すのが礼儀なのせ。ステッキみたいにして持ち歩いたら、いつかはうっかり根っこの先を傷つける。横抱きにしてやってけれ。」

　父親は笑ってそういうと、形の崩れたソフト帽を鷲摑みにして、頭からちょっと持ち上げた。

自作について
「盆土産」のこと

　昭和五十三年から翌年にかけて、ある月刊誌に、子供を主人公にした短篇小説を十二篇連作し、『木馬の騎手』という表題で本にしたが、その後、この連作のプランからこぼれた素材のいくつかを作品にして、それぞれ別の雑誌に発表した。「盆土産」もそのうちの一篇で、発表誌はそのころ中央公論社から出ていた文芸雑誌「海」であった。

　連作した十二篇も、同種の素材で書いたこの「盆土産」も、四百字詰め原稿用紙で二十枚前後の分量である。短篇小説のうちでも最も短い部類だが、当時、私は短い短篇小説に熱中していて、こんな二十枚前後の作品を随分たくさん書いている。

　小説は短ければ短いほどむつかしいといわれるが、私は、気に入った書き出しさえ得られれば、あとの苦労はむしろ楽しみのうちだと思っている。楽しいからといってすらすら書けはしないが、むつかしさがほとんど苦にならない。短篇小説が性に合っているのだろう。その代わり、書き出しの一行を考えつくまでは、それこそ青息吐息の何日間かを過ごすのが常だ。

私は、学生のころ、琴の名人といわれた宮城道雄氏の演奏をいちどだけ聴いたことがあるが、そのとき、この盲目の名人は琴を前にして聴衆にこんなことを話した。琴は、どんな曲でもそうだが、とりわけ短い曲を弾くときは、最初のひと弾きが肝腎である。最初のひと弾きで曲全体をつかんでしまわなければならない。それがうまくいかないと、どんなに易しい曲でも気の抜けた演奏になってしまう。だから、自分はいまだに、どんな小曲を弾くときでも最初の一音に神経を集中するのを忘れたことはないのだと。

私は後年、自分で文章を書くようになってから、ふと、この琴の名人の言葉を思い出して、なるほどと思った。短篇小説もおなじことで、なによりもまず書き出しの一行が肝腎である。書き出しの一行で作品全体のリズムをつかんでしまわなければならない。『木馬の騎手』の連作中に、「盆土産」の素材をとうとう作品にできなかったのは、時間に追われて最良の書き出しを見つけかねたからにほかならない。

結局、私は、〈えびフライ、と呟いてみた〉という文章で「盆土産」を書きはじめた。これ自体はなんの変哲もない文章だが、この一行で作品全体のリズムがつかめたのは確かである。あとは、例によって、書いては消し、書いては消しながら、じりじりと書き進めたことしかおぼえていない。

「金色の朝」のこと

『金色《こんじき》の朝』は、昭和四十六年の十二月に書いて翌年の「文藝春秋」二月号に発表した。おなじ月のうちに、もう一篇、『楕円形の故郷』というのも書いて、こちらは「文學界」の二月号に掲載された。また、この年にはほかの雑誌で『真夜中のサーカス』という短篇連作をはじめていたから、四十六年の暮には三篇つづけざまに書いたことになる。そのころ私は四十歳で、月に短篇を二つ三つ書くことがそれほど苦痛でもなかった。書こうと思えばいくらでも書けて、しかも乱作しているなどとは毛頭思わず、書いたもののほとんどにまずまずの満足感をおぼえるという、生涯に何度もあるとは思えない幸福な時期を私は迎えていたといっていいだろう。

『金色の朝』は出稼ぎから帰ってこない父親の代わりに独りで豚の出産の世話をする小学六年の男の子の話だが、私自身にもいちどだけ豚を飼育した経験がある。まだ二十《はたち》を過ぎたばかりで、東北北部の山あいにある父の在所の温泉村で一年なすところもなく暮らしたときのことだ。養豚を勧めてくれたのは、父方の親戚で私より一つ年上の文男さんという農家の青年である。文男さんのことは、のちに同人雑誌に発表した『ブンペと湯の花』をはじめいくつかの作品に書いたが、そのころは農業や林檎作りのかたわら村の消防団のラッパ手であり、草相撲の小結であり、私にとっては村の流儀をこまごまと手ほどきしてくれる教師でもあった。

文男さんによると、子豚を一年飼って体重二〇キロにすればいい値で売れるという。私は、貧しかった上にいずれは中途でやめてきた東京の大学へ戻りたいと思っていたので、いくらでも再起の資金が欲しかった。けれども、犬や猫を飼うのとは勝手が違うから、ためらっていると、文男さんは半ば強引に父の実家の林檎畑の隅に一坪ほどの豚小屋を拵えてくれて、自分のところで飼っている子豚の雄を一匹抱いてきてくれた。

その子豚を一年飼ったのだが、格別なことはなにもしなかった。毎日きまった時間に鍋で煮た飼料を適量与えるほかは、鬱屈するたびに小屋へいって飽きるまで子豚の動きを眺めたにすぎない。だから、あの子豚については、黒いつぶらな目と、白くてごわごわした毛の隙間から見える綺麗な桃色の地肌と、羽目板に前肢をかけて立ち上がって餌をねだるときの鼻の様子とを、いまでもありありと憶えているだけである。

子豚の体重が二〇キロになったことは確かだが、いい値がいくらだったかはもう思い出せない。

豚の出産の光景はいちども見たことがないが、文男さんがくわしく話すのを聴いて憶えていた。親豚は、立ったまま屁でもひるように子を産み落すところ、それに、産んだ子が全員乳首をくわえてから初めてさっと三十秒ほど乳を出すというところが、とりわけ印象深かった。文男さんは、飼っている豚の出産はすべて自分独りで世話をするのだといっていたが、『金色の朝』は彼をモデルにしたのではない。主人公の少年は勿論、よく出稼ぎにいく父親も、腎臓の持病が思わしくない母親も、弟や妹たちも、みな私の空想の産物である。

いまは、なかなかそうはいかないが、以前いきおいに任せて書いていたころは、なにか書こうと身構えると、たちまち結末までの一筋道がくっきり浮かび上がって見えたものであった。書き出しこそ何度も書き直すものの、気に入った一行さえ見付かれば、あとはその一筋道を道草を楽しみながら歩いていくだけでいい。この『金色の朝』を書いたときのことはなにも憶えていないが、おそらく、いつものように、

〈乳房に、西日が差していた〉

という書き出しの一行に恵まれたあとは、一筋道の途中であまり難渋することもな

く、

〈彼は、一と息入れて、それから、一と仕事終えてきたばかりの男のように、大股で、ゆっくり小川の方へ歩いていった〉

という結びまで辿りついたのではなかったろうか。

一尾の鮎

私は、短篇小説を書くとき一尾の鮎《あゆ》を念頭に置いている。できれば鮎のような姿の作品が書きたい。無駄な装飾のない、簡潔で、すっきりとした作品。小粒でも早瀬に押し流されない力を秘めている作品。素朴ながら時折ひらと身を躍らせて見る人の目に銀鱗の残像を留めるような作品——けれども、これは飽くまでも一つの願望で、そんな鮎のような作品が書けたと思ったことは残念ながらまだ一度もない。

座右に、表紙の黄ばんだ一冊の古ノートがあって、それにモーツァルトの言葉が書き留めてある。アンリ・ゲオンという人の著書からの抜き書きで、モーツァルトが少年時代にヨハン・ショーベルトのソナタを聴きながら学び取ったという教訓だが、私はそれを短篇小説を書くときの自戒にしている。

こんな言葉だ。

『充分に表現するためには、けっして表現しすぎないこと。しかもそれでいて完全に表現すること。ただし、ごくわずかの言葉で表現すること』

座右のノートといったが、別段それに短篇小説を書くための心得や腹案や段取りのたぐいがこまごまと書き込んであるわけではない。書きはじめる前にくわしくノートをとる人もいるが、私は、よほど長いものや何百年も昔の話を書くときを除いてノートはとらない主義である。

ノートをとって、それに縛られるのが厭だ。きちんと設計図を引いてしまうと、肝腎の書くという作業がただの味気ない労働になってしまうのもおもしろくない。これを、こう書いて、こんなふうな作品に、という程度の見当だけはつけておいて、あとは自分という書き手に賭けたいと思う。最初の一行が次の一行を産み、その一行がまた次の一行を産む、という具合にじりじりと書き進めているうちに、書き出す前には思いもしなかった収穫に恵まれないとも限らない。

だから、その無罫の分厚い座右のノートも、いわば余白だらけの落書帳のようなものので、その余白のところどころに、いずれは書こうと思っている作品の題名もしくは中身のヒントだけが、ぽつりぽつりと書き留めてあるにすぎない。一ページに一つずつ、白い紙面の右肩のところに、たとえば「ののしり」、「とんかつ」、「いっそ相撲取りになろうと郷里を出奔した弱年の父」というふうに。

私は時々、そんな言葉のきれはしがぽつんと書いてあるだけのページをひらいて、長いこと見詰める。誰が見ても言葉のきれはしのほかはただの白い紙面だが、私にだけは、そこをすっかり汚しているおびただしい数の字句や想念が見える。私はそれらを掻き回し、目ぼしいものを点検し、やがて絶望してノートを閉じるが、そんなことを何度も繰り返しているうちに、底の方から影法師のように形をなして立ち上ってくるものがある。やがて糸口にふさわしい文句も浮かんでくる。

短篇小説は書き出しの一行が見つかればしめたもので、私は帯を締め直し、初めて小説を書こうとする人のようにいそいそと万年筆のペン先を洗う。

なぜ短篇小説をせっせと書くのかと訊かれれば、結局は好きだからだと答えるほかはない。学生のころから短い文章が好きであった。短篇に優れた作家たちを敬愛した。外国の作家でも、ルナール、モーパッサン、フィリップ、それにチェホンテ時代からのチェホフを繰り返し読んだ。自分で習作をするようになると、未完の短文（まだ纏め方がわからなかったのだ）をたくさん書いた。そのころから三十枚のいいものを書くのが念願だったが、それはいまも変らない。

新しい短篇小説を歩きはじめるときの、あの背筋がうそ寒くなる緊張感がいい。それから、射程距離を測りながら注意深く歩いている間の充足感。思い通りに歩き終えたあとの阿片の放心。

唐突だが、好きといえば将棋も私は好きである。以前はよく先輩作家を訪ねて立てつづけに何番も指したものだが、近頃はもっぱら棋書が相手の一人将棋で、新聞の棋譜も毎日読むし、眠る前には将棋雑誌の付録の〈次の一手〉というのを一問ずつ解く。碁は、やらない。一度習いかけたが、どうにも馴染めなくて、やめてしまった。

碁と将棋を小説にたとえれば、碁は長篇小説で、将棋は短篇小説だろう。碁は、長篇小説のように、広い戦場のあちらこちらにしかるべき布石をしておいて最後に網を引き絞るが、将棋の方は、一手々々が勝負で油断も隙もならないところが、短篇小説に似ている。

私は、先輩と対局中しばしば長考に陥って、よく、下手の考え休むに似たりと笑われたものだが、小説の方も同様で、ついつい締め切りに遅れてしまう。けれども、将棋では考えに考えた揚句、最も悪い手を指してしまうことがあるように、小説も時間をたっぷりかけたからといって必ずしもいいものが出来るとは限らない。それでも、惨敗すればもう一番といきり立ち、書き損じれば今度こそはとまたぞろ次のを書き出して、懲りることがない。

結局、どちらも性に合っているということだろうか。

そうはいっても、私はなにも自分の性に合っている短篇だけが小説だと思っているわけではない。好きなものだけを書いて生涯を終えられたら、それは至福というものだが、なかなかそうは問屋が卸してくれない。人によっては、自分のなかに、短篇ではとても汲み切れない深い井戸を抱えている者がいる。そういう厄介な井戸は、結果はともかく、やはり長篇や中篇の力を借りてじっくり探りを入れてみるほかはないのである。

私自身も、これまでに何度か長篇を試みたが、結果はいずれも芳しくなかった。原因はわかっている。長篇の構想というものが全く不得手な上に、ひたすら短篇の筆法で押し通そうとしたからである。

全体をいくつかの章に分け、章をさらに短くいくつかに分けると、自分にはちょうど手頃な枚数になるから、それを一つずつ月刊雑誌に連載する。すると、私は毎月の分を、まるで短篇小説を書くようにいちいち書き出しと結びを考え、例の一手々々が勝負で油断も隙もならない将棋の流儀でやってしまう。これでは書く方も辛いが、読む方もさぞくたびれるだろう。それはわかっているのだが、自分でもどうにもならない。長篇小説は、ところどころにわざと粗くて退屈な部分を挟むのがこつだと教えてくれた人がいる。つまり、あそびで、それが読者の息抜きになり、作品の風通しをよくする窓にもなるのだという。なるほどと思うが、私にはやはりあそびが書けない。短篇小説にあそびなどないからである。だから、私の連載物を本にすれば、おなじ密度のページが延々とつづいて読者に息苦しい思いをさせることになる。

私の書いた長いもののうちで、長篇小説と呼んでいいものがあるとしても、せいぜい一つか二つだろう。あとは、短篇仕立ての章をいくつも繋いだ鈍行列車のようなものだと思っている。

私は、長篇をしくじるたびに、出稼ぎの農夫が都会から郷里へ逃げ帰るようにして短篇小説へ舞い戻った。

いつの日か、情けない思いをさせられたときなどに、肚のなかで、「短篇で来い。」といえるようなものを、一つだけ書きたい。（一つで死ねるか？）三つ書きたい。いや、七つ。いや……。

願わくば、書くもののすべてが生きのいい鮎のようであれ。

巻末エッセイ
仕事場の住人

阿部昭

三浦さんとは二度、酒席で顔を合せたことがあるだけで、氏の人となりや実生活については何も知らない。もっぱら、その文章を通して、それ以外のことも想像しているだけである。その点、私は三浦さんの書くものを、どこにでもいる読者の一人として楽しんでいる。誰の何を読むにしてもかくあるべきだとは思うが、多少とも当人を識っている場合には、なかなかそうも行かないだろう。

大体、作者本人にはあまり会わぬ方がいいようだ。余計な期待を持つから悪いとも言えるが、そもそも仕事を離れて酒を飲んだり無駄話をしたりしている時の小説家なんて、ぬけがらみたいなものではないだろうか。それにまた、書いたものは棚に上げて人柄をもてはやされたりするのが、作者として名誉だとも思われない。

しかし、三浦さんは割合「人柄」を云々されることが多いのではないかと思う。氏の作風、また文章そのものからしても、それは自然なことであるが、ひょっとして三浦さん自身は内心それに慊《あきた》りず、苦々しく思ってもいるのではないだろうか。言うまでもないことだが、人柄だけで小説は書けるものではない。そして、事実、作品から窺う限りでも、作者三浦哲郎は、温厚とか人情味とかいった人あたりのよい外見は外見として、なかなかどうしてしたたかなものだと思わざるを得ない。

三浦さんは、処女作以来、つねに身辺の死、自らの血につながる死を念頭に、書きつづけてきたようである。そうすることによって、自身辛うじて生き延びてきたかの観さえある。だが、その結果、一つの文名を得、無事の生活をも手中にした現在、もはや自滅をまねぶことはおろか、たやすく死を筆にすることも儘《まま》ならぬところに来ているように思われる。それは、最近の氏の作品に出てくる死が、どことなく作者によそよそしい顔を向けはじめているのを見ても分るのである。言うならば、三浦さんはそこまで「死」を手なずけたのだ。手なずけるほどに、したたかであったのだ。いかに奇怪に見えようとも、これは作者だけに許された呪われた特権である。

私はまたこんなことも考える。世に剣道、柔道、書道、歌道と言うがごとくに、仮に小説道なるものがありとすれば、三浦さんはそれを厳格に実践している当代稀有の人ではないかと思ってみるのである。こんな言い方は大雑把に過ぎるかもしれないが、氏と出身をほぼ同じくする葛西善蔵にも太宰治にも、そういうものはあったと想像する。しかし、三浦さんには大げさな身ぶりや厭味な気どりは微塵もない。命がけで、などと騒ぎ立てたりはしない。ただこんなふうに呟いてみせるだけである。

雨降りが、一番いい。雨降りの日はあたりも静かだし、雨の音を聞いていると気持が落ち着いて、仕事にも身が入る。仕事さえ思うように進んでいれば、こちらはいつも上機嫌なのだ。

（随筆集『せんべの耳』「雨の季節に」）

また、

私は、原稿を書くとき、自分の気に入った文字が書けないと気に入らない。自分の気に入った文字が書けていると、いまの自分は確かだと私は思っている。ところが、自分の気に入った文字が書けないときは、すなわち文章も駄目だという気がしてならない。

これはまたおそろしく明快な信条である。そして、明快であると同時に、少しばかり融通が利かない感じである。しかし、この「気に入る」「気に入らない」にかかっている三浦さんのエネルギーは、ただの神経的なものではなかろう、全生活を律する道徳のごときものに違いない、という気がするのである。

とにかく、この片言を以てしても、三浦さんの仕事ぶりは推量される。この作者は、やぶれかぶれでは唯《ただ》の一行も書くまい。文章を書く自分、またその生活についても、無用の懐疑や不信に陥ったりすることはあるまい。そういう時でも、この作者は、まず原稿用紙に文字を書くことで自分を確かめると言っているのだ。その三浦さんに、小説とは何か？　私とは何ぞや？　といった現代人好みのノイローゼ議論を吹っかけたらどうなるか。誰かと議論している三浦さんを想像するのは、甚だ困難であるが、たぶん、こんな呟きが返ってくるのではあるまいか。

おなじ3Bの鉛筆でも、晴れた日は濃くて、書いた文字が固く、雨降りの日はいくらか薄目にしっとりとして、文字が柔らかに書けるのだ。これは、おそらく原稿用紙のせいだろう。

かくのごとき徹底した仕事場の住人は、したたかと言うだけでは足りない。小説道の上にでんと構えて、梃子《てこ》でも動かぬ、こういう三浦さんがいることは、実に心強い。風に舞う紙屑同然の不毛の言論をよそに、よく出来た、堅牢な品物が一点、無言で存在を主張している風情である。

（あべ・あきら　作家）

初出　『三浦哲郎短篇小説全集』第二巻月報、講談社、一九七七年十月

編集付記

本書は「盆土産と十七の短篇」と題して、中学・高校の国語教科書に収録された作品を中心に選び、独自に編集したものである。『三浦哲郎自選全集』（新潮社、一九八七〜八八年）を底本とし、上記に未収録の「とんかつ」「じねんじょ」は『完本 短篇集モザイク』（新潮社、二〇一〇年）に、「『盆土産』のこと」「『金色の朝』のこと」は初出に拠った。難読と思われる語には新たにルビを付した。

収録作品の初出紙誌は以下のとおり。教科書に収録された作品については、初出紙誌のあとに初採録の教科書名を記した。

盆土産　『海』一九七九年十月号／『国語2』光村図書出版、一九八七年
金色の朝　『文藝春秋』一九七二年二月号／『中学国語3』日本書籍、一九七八年
おふくろの消息　『毎日新聞』一九七二年四月十六日／『高等学校新選現代国語 三』尚学図書、一九七五年
私の木刀綺譚　『毎日新聞』一九七二年五月二十一日／『明解国語2 改訂版』三省堂、一九九二年

猫背の小指　『毎日新聞』一九七二年七月三十日／『高等学校国語二（四訂版）』第一学習社、一九九二年
ジャスミンと恋文　『毎日新聞』一九七二年九月十七日／『高等学校新国語二』第一学習社、一九八三年
汁粉に酔うの記　『毎日新聞』一九七二年十一月十二日／『基本国語2　新修版』明治書院、一九八六年
方言について　『毎日新聞』一九七二年十二月十七日
春は夜汽車の窓から　『毎日新聞』一九七三年三月二十五日／『高等学校新選国語一』尚学図書、一九八二年
おおるり　『群像』一九七五年四月号／『高等学校　改訂版新訂　国語一　現代文・表現編』第一学習社、一九九八年
石段　『群像』一九七五年六月号／『高等学校国語2』旺文社、一九八三年
睡蓮　『波』一九七八年九月号
星夜　『波』一九七八年十一月号／『国語1』光村図書出版、一九八二年
ロボット　『波』一九七九年二月号
鳥寄せ　『波』一九七八年七月号
メリー・ゴー・ラウンド　『波』一九七九年四月号
とんかつ　『三浦哲郎自選全集』第七巻月報、新潮社、一九八八年三月／『国語1』東京書籍、一九九四年ほか

じねんじょ　『海燕』一九八九年五月号

＊

「盆土産」のこと　『国語 学習指導書 2上』光村図書出版、一九八七年

「金色の朝」のこと　『季刊文科』第十四号、二〇〇〇年二月

一尾の鮎　『文學界』一九八八年二月号

本文中、今日の人権意識に照らして不適切な語句や表現が見受けられるが、著者が故人であること、刊行当時の時代背景と作品の文化的価値に鑑みて、原文のままとした。

（編集部）

本書は中公文庫オリジナルです。

中公文庫

盆土産《ぼんみやげ》と十七《じゅうなな》の短篇《たんぺん》

2020年6月25日　初版発行

著　者　三《み》浦《うら》　哲《てつ》郎《お》

発行者　松田　陽三

発行所　中央公論新社
〒100-8152　東京都千代田区大手町1-7-1
電話　販売 03-5299-1730　編集 03-5299-1890
URL http://www.chuko.co.jp/

DTP　嵐下英治
印　刷　三晃印刷
製　本　小泉製本

Published by CHUOKORON-SHINSHA, INC.
Printed in Japan　ISBN978-4-12-206901-5 C1193

中公文庫既刊より

各書目の下段の数字はISBNコードです。978－4－12が省略してあります。

ち-8-2
教科書名短篇　少年時代
中央公論新社 編
ヘッセ、永井龍男から山川方夫、三浦哲郎まで。少年期の苦く切ない記憶、淡い恋情を描いた佳篇を中学教科書から精選。珠玉の12篇。文庫オリジナル。
206247-4

ち-8-1
教科書名短篇　人間の情景
中央公論新社 編
司馬遼太郎、山本周五郎から遠藤周作、吉村昭まで。人間の生き様を描いた歴史・時代小説を中心に中学教科書から厳選。感涙の12篇。文庫オリジナル。
206246-7

あ-20-3
天使が見たもの　少年小景集
阿部　昭
短篇の名手による〈少年〉を主題としたオリジナル・アンソロジー。表題作ほか教科書の定番「あこがれ」「自転車」など全十四編。〈巻末エッセイ〉沢木耕太郎
206721-9

よ-13-13
少女架刑　吉村昭自選初期短篇集Ⅰ
吉　村　　昭
歴史小説で知られる著者の文学的原点を示す初期作品集（全二巻）。「鉄橋」「星と葬礼」等一九五二年から六〇年までの七編とエッセイ「遠い道程」を収録。
206654-0

よ-13-14
透明標本　吉村昭自選初期短篇集Ⅱ
吉　村　　昭
死の影が色濃い初期作品から芥川賞候補となった表題作、太宰治賞受賞作「星への旅」ほか一九六一年から六六年の七編を収める。〈解説〉荒川洋治
206655-7

い-38-5
七つの街道
井伏　鱒二
篠山街道、久慈街道……。古き時代の面影を残す街道を歩いて、史実や文献を辿りつつ、その今昔を風趣豊かに描いた紀行文集。〈巻末エッセイ〉三浦哲郎
206648-9

お-51-4
完璧な病室
小川　洋子
病に冒された弟と姉との最後の日々を描く表題作、海燕新人文学賞受賞のデビュー作「揚羽蝶が壊れる時」ほか、透きとおるほどに繊細な最初期の四短篇収録。
204443-2